名付けたものどもを追う道筋を歩きながら、

仲西森奈

1　縁は権よりも強し。

2　質と量は速度で決まる。つまらない二項対立にとらわれるな。

3　無礼者であれ。

4　バカとアホを見極める。

5　作ることを正しく恐れ、見せることを正しく恥じよ。

6　失敗したら旅に出よう。

7　アイデアは常にポジティブであれ。

8　ちゃんと喜んでちゃんと凹め。

9　授業はなるべく出るべし。

10　「I hope our paths will cross again」
作れば会える。会えば作れる。そういう円環を宿してそれぞれの道を歩むこと。

――ニューホライズン10ヶ条

三本

「なんじゃないですか?·あ、へあ、はい。……。えーとこんにちは。あ、いいのか。えー、三本誠司といいます。たまにミモトって読まれたり呼ばれたりするんですけど、ミツモトです。サンボンって呼ばれたりもしますが。名前も意外と、ほんとたまにですけど、セイシって読まれたりすることも、あったりするんですけどセイジです。えー。……なんだ。そうか。えー。いまは東京に住んでいて、今年でうーっと何年目かな……。さん、いや3、年目、なのかな。ちょっと年目とか丸なん年とかそういうの数えるの未だによくわかっていなくって、満なん歳とかも、えっと、だからはい、3年目、はい、たぶん、です。ふふ。はい。で。えー。うーっと。ちょっと前までウーバーイーツの配達員と、花キューピットの店員さんと、タワマンの清掃員を掛け持ちでやってたんですけど、ウーバーイーツと花キューピットやめて、いまはタワマンの清掃だけです。ウーバーはまたやるかも。いやどうだろうな。まあうん、はい。です。お金はそれだけです。です。で。うー。ちょっと前、えーちょっと前ってそうか2〜3年前ってことになりますね2年前、か?ふふごめんなさい。まで、だから、2017年の夏まで、ですね、京都にいました。なんかいま名前変わるとか変わらないとかでゴタゴタしてますけど、ふ、えー、造形大の、文芸表現学科というところに所属していて、4

年できっかり卒業して、そこからわりとすぐに東京に、きて、えーしばらく、うーーーーーーっとちょっとなにしたら、うー違うな、うーっと、ど、んー。……まあ、そうですね。えっとそう。祖父が亡くなったんですよね、卒業直前くらいに。それで、なんかちょっと遺産っていうのかお金がすこしだけぼくのもとにも転がってきてふふ転がるの下品ですねお金転がってきて、ふ、それでしばらく働く意味わかんない、わかんないっていうか働く、うー、働くことに対する怒り、を、なんでみんなもっとわかりやすく発露しないんだろうっ、て思って、ちゃんと怒れるか、ちゃんと働かないでいられるか、どっちかだなぼくはと思って、いて、まあ遺産、お金、があったからなんですけどね、恵まれてて。で、後者でした数ヶ月。いや数とかじゃない。半年ですね。6ヶ月そうでした。で、うーっと。まあふつうにもったいないな、ここにいて、もったいないな。人に会わないのもったいないな。人いっぱいいるのに。ってなってウーバーイーツと花キューピットでほぼ同時に働きはじめて、そっか働くとか考えなきゃいいんだーなんか。人と会ってお金もらえるって考えたらラッキーだなってなんかそう思うのぼくにとってなんら曇り、濁り?淀みかな淀みじゃない気持ちにおいてぼくの淀みじゃないなってなって、いいなあいいなあできるできるって思ってたらなんかそれ嘘だったっぽくて、ぼくの、中で、違ったみたいでなんか突然キツいうわーキツいなってなって、逃げ道を探してみようってなったらタワマンの清掃かなって、会わないし人と、うー、で、うー、なって、ぐるぐるぐるぐる3つやってタワマンいいなずっと非常階段で仰向けに寝るの、すきかもしれないってなって、いやすきじゃないな、すきじゃないです、嫌いではない時間としてそう嫌いではないって思ってなって、そう、なっ、て、いまそれだけ、でーす、ねー。で、うーっと、あそう、カーセックス、を書いていますふふ、そう。えー……。大学の、卒業制作でカーセックス、えーいろいろ、カーセックスばっか100篇くらい書いたそれを無理やりポリフォニーのようにして、なんか、他視点、いや違うかな、すべての人物が等価に主人公としての眼差しをもっている、ような、えっとまあそう、すーごい、えー平たく、平たくっていうか理想、と、いうか目論見かな、まあ平たく言うとそういう感じのなんかそういうあれをカーセックスばあーっと書いて、ひたすら、なんで、えー、なんかきっかけ、あったのかな、いやでも、うー、気に、気にかな、気になっていて、カーセックス、ぼくしたことないから不思議だなまあたしかに部屋みたいなもの、みっ、しつ、密室?密閉、だから。うー、ん……や、ごめんなさいもうすこし、ちょっと待ってくださいね。……。いやなんか、うーん。ぼくもまだうまく、自分で嚙み砕けていない、自覚も、うん、ありつつなんですけど、車って免許を持っていないと運転できないし乗れないし、いや乗れるけど運転できないし、えっと、買ったり借りたりもできないじゃないですか。……えっ、あ、買うことってできるんですね!?そうか〜〜そうなのか……。まあ、それ、うーん、それを、えっと買えるのは一旦置いといて、そっか〜。ふふ、えっと、なにが言いたいかっていうと、それってすごく、あーこの言葉こわいな。いいや。それってすごく特権的ってことなのかも、とか。カーセックスってつまり、うん、特権的なセックスなん、で、すよね。どちらかが、だれかが、免許を持っていないとできないセックス。それってなんか……。うー……。途中からですけどね、そういうこと考えるようになったのって。はじめはそんなこと考えてなくって。いつだったか、エマさんと話しているときに、そういう、近いそういうことを言われて、あー、と。まあうん、はい、ですね。っていう、カーセックスは、そういう、ふふ、制作で。ってそれを、もちろんアダムさんにも見せて、それを、ですけど、あごめんなさい、えー……っとそう、ですね。カジさんがまず、〃が〃っていうか〃に〃、カジさんにまず、見せてずっと見せたりして、もっともっとって言ってくれてそれカジさんくらいで、あいや、そんな前のめりに評価して、評価ちがうな言葉かな、言葉にする労力を厭わずにちゃんともっともっとって言ってくれる存在。べつに言葉数多くなにか言ってくれたわけでも、ない、ふふ、ないんですけど。でも、そうそれがカジさんだけで。いけいけやっちゃえみたいな。でもだけでぼくにはじゅうぶんっと、って、いうかそれが、それこそだったから、卒業してから、ぼくももっともっとってなって。いま書いていて。いまも書いていて。えっと。これはその卒業制作のころは、というかえーっとんんんごめんなさい、痰が……。んん。えっと、卒業制作のころはそんな、途中までは自分の中で考えていて、で、マッチングアプリあるじゃないですか、なんか、で、Tinderでマッチして会った人になんか、なんとか説明して、カーセックス話なんかエピソードなんかあったら〜みたいな、それを、訊いたりしていて、途中からそれもやっていて、それはかなり抽出して、います。卒業制作のときは100篇のうち半分以上は人から聞いた話のノベライズというか、ノベライズ……？そうですね。そうかもしれないです。で、今回、えっと卒業してから書き始めたカーセックス、のほう、はいまのところ全部人の話っていうか全ノベライズふふそうですね、いまのところ、はい。もう基本それでいってますいま、は、いやでもどうなんだろう、それがぼくの中で正解というか、納得し続けられる形なの、かっていうのはまだ、わか、うーっと、わからないので、んー……。それに、全ノベライズとかちょっと、よくわかんないこと言っちゃいましたけど、そんなわけないっていうかふふ、ややや、ごめんなさい。うーん。そんなわけないっていうか……。ぼくが書く以上ぜったい飛躍が入るので。当人、当事者、本人、じゃないから。どう言ったらいいかわかんないな。うん。うーん。とにかく、ちょっと変えていくのかも。いやわかんない。ですね。こんどまたカジさんと会うんで……。相談しようかなあと……。相談って感じでもないな。いやどうなんだろうなあ」

梶沙耶の愉快な一年（4）

掃除婦のお辞儀ゆっくり春マフラー

未来

ゼーンズフト（Sehnsucht）というドイツ語がある。英語には適訳がない。しいて言えば「何かへの憧れ」というような意味で、背後にロマン主義的・神秘主義的な広がりがある。C・S・ルイスは、これを人の心における「やみがたい切望」と定義し、やみがたいのは「対象が何であるかわからないから」とした。

――ジュリアン・バーンズ『人生の段階』p139（土屋政雄・訳　新潮社）

ドイツ語でゼーンズフトという言葉がある。これは、「懐かしさ」とも、「憧れ」とも訳せるらしい。綴りは"Sehnsucht"。"Sehn"は「見る」、"sucht"は「求める」にそれぞれ訳すことができる。見る、求める。見て求める。まなざしの先にあるものをどう求めるかで、立ち現れる感情が「懐かしさ」に、ときに「憧れ」になる。過去と未来。懐かしい過去。憧れの未来。レトロフューチャーのように、時制をてれこにしないこと。懐かしい未来。憧れの過去。そうならないために、まなざしはある。

自転車屋でロードバイクのブレーキシューを交換した。チェーンリングの歯が磨り減ってアルプスになっている。あるぷす。そうアルプス。わたしと自転車屋が交互に山の名を口にする。通常チェーンリングの歯は、こう、富士山、みたいになっていて。ふじさん。ええ富士山。でもいまはほら、アルプス。あるぷす。山の名を復唱するわたしが、山として自転車を駆動させる、その歯を見る。お金を払って自転車に乗って、ペダルを漕ぐ。歯滑りするかもしれませんね。わかりました、また来ます、ありがとうございました。アルプスを覆う雲のように、油をさされてぬらぬら光るチェーンが、チェーンリングの山の上を回って、進んで、噛み合って、動いて、そのさらに上の、サドルに乗ったわたしの身体の、ハンドルより高く、ただ前を見据える両眼。

沸騰

どうして自分がそんなことを知っているのか、私にはさっぱり分からない。ギ・ド・モーパッサンはボートを漕ぐのが趣味だったことも、なぜ私が知っているのかまったく分からない。

――デイヴィッド・マークソン『ウィトゲンシュタインの愛人』p54（木原善彦・訳　国書刊行会）

フランスの小説家、ギ・ド・モーパッサンは、エッフェル塔が嫌いなあまり、しばしば塔の中のレストランで食事をしたらしい。そこにいれば、エッフェル塔が視界に入らないから。

ドッぺる、という言葉がある。これは昭和戦前期の学生の間で使われたスラングで、落第する、ダブる、という意味で用いられていた。言わずもがな、ドイツ語の"doppelt"（2倍の）からきている。ドッペルゲンガー。"Doppelgänger"。自己像幻視。第2の自我。

20歳ごろの記憶で、特に何度も、自発的に、意図的に思い出すものがふたつある。ひとつは人づてに聞いた話で、もうひとつは実際に聞いた、その場で見た出来事だ。

わたしの通っていた大学には映画学科があり、そこには当然、映画を撮りたい人、映画を撮りたい人のそばにいたい人、映画に映りたい人、映画がすきな人が集まる。映画学科1回生（わたしの通っていた大学では、学年を、1年、2年、ではなく、1回、2回、と数える）最初の授業。教授は自己紹介がてら、教室にいる学生ひとりひとりに、どういった映画を好んで観るか、尋ねた。ある学生はいくつかの洋画のタイトルを挙げ、それらの映画がどれだけ素晴らしいのかを語った。教授は言った。きみは洋画が好きなんだね。学生は、はい、好きです、と答える代わりに、世に出回っている邦画がどれだけ陳腐で、どれだけ退屈で、どれだけ己の興味の範疇外であるかを語った。ひとしきり話を聞いていた教授は、こう言った。でも、きみがこれから作るのは、邦画だよ。

わたしは1回生の半年間だけ、他大学の映画サークルに顔を出していた。その新歓コンパで、大広間のような宴会場で、くたくたに酔った、何回生かもわからない（そもそも学生なのかもわからない）先輩が、周りで飲んでいる人に向かってこう言っていた。引っ越して、まず最初にやるべきことは、お湯を沸かすことだ。ケトルなんて使っちゃいけない。コンロを使って、ヤカンに水を入れて、台所に立って、ただお湯を沸かすんだ。それをやってはじめて、そこは自分の住む場所になる。

仮説1：わたしが、実家や、実家で暮らす血縁関係者に対していつまでも馴染み深い感情を抱けない理由のいくつかと、上記の記憶によって想起するいくつかの感情は、響き合っているのではないか。

仮説2：もしわたしが、わたし自身を心底憎み、恨んでいるのだとしたら、そしてその状態をすこしでも健全な方向へと修正していきたいのであれば、わたしは、徹底的に内に籠もり、己の中に身を委ねる他ないのではないか。モーパッサンが、エッフェル塔の中で食事をしていたように。

勘案1：上記の記憶に登場する映画学科1回生は、ほんとうに邦画を撮る他ないのだろうか。日本人が洋画を撮ることも、外国人が邦画を撮ることも、ありうることなのではないか。もしくは、洋画が邦画になることも、邦画が洋画になることも、ありうるのではないか。

勘案2：これからお湯を沸かそうと思う。珈琲が飲みたい。

これからお湯を沸かそうと思う。珈琲が飲みたい。もう暗い。時計を見たくない。携帯電話が普及して、スマートフォンが台頭して、それらを所持することが人権と限りなく等しくなったことによる弊害に、時間を知りたくないという感情が脅かされること、がある。どこかで、誰にもわかられていない感情が、今日も脅かされている、と思う。思ってからその思いの大仰さに自分を殴りたくなる。本心か、それは。独り言の口癖が「ばーか」になったのはいつからだろう。ばーか。珈琲淹れよう。ばーか。

フランスに行ったことを後悔したこと、一度もない。きまぐれに行ってきまぐれに帰って、命拾いしたことも後悔していない。ふざけた衝動で仕事を辞めたことも、帰ってからしばらく無職でほっつき歩いていたことも、なにも、後悔はない。統子を救えたかもしれない、なんてことも、思わない。いやそれは本心かな。どうかな。

あれからわたしは「突発」が怖くなった。車のクラクション。急ブレーキの音。打ち上げ花火の炸裂音。インターホン。アプリの通知。バイブレーション。目覚まし時計。時給以上の頑張りを見せるアルバイター達のやまびこ挨拶。街なかのキャッチ。知らない人の親切。拍手。落下音。意図しない再会。

テロリズム、という言葉は、18世紀のフランスで生まれた言葉らしい。「極度の恐怖」という意味の言葉から派生して生まれた、その言葉の生まれ故郷でテロに巻き込まれそうになった。本場のテロ、なんて言ったらぶん殴られるだろうか。誰に？　お湯はずっと前から湧いている。実家だったら既に2、3発殴られているだろう。あの眼。線画みたいに微動だにしない眼で。ミルに豆を入れて、ゆっくり挽いた。火葬場で焼かれ、残りカスになった人骨を挽いても、こんな音がするだろうか。ぶん殴られるだろうか。すでにわたしは、もう何度もわたし自身をぶん殴っている。

珈琲を飲んでいて、珈琲は美味しい、と思うとき。

煙草を吸っていて、煙草は美味しい、と思うとき。

お酒を飲んでいて、お酒は美味しい、と思うとき。

夜にひとりでいて、ひとりは苦しい、と思うとき。

朝にだれかがいて、ひとりが恋しい、と思うとき。

明日で今年も終わる。帰る場所のある人、帰る場所のあることになんの感慨も感動も抱かない人、帰る場所があるのに帰ろうとしない人。そういう人たちに背を向けて、ひとりで自分を殴ったり撫でたりする季節が、またやってくる。餅でも買うか。

窃盗録（6）

場所：自宅。

モノ：先輩が置いてったチキンラーメン。

中身：チキンラーメン。

行動：半分に割って、片方はそのまま齧って、もう片方は煮て食った。

0056

感情：チキンラーメンは齧ったほうがうまい。

窃盗録（7）

場所：東武アーバンパークライン六実駅プラットホーム（3番線）。

モノ：ミニストップのビニール袋。

中身：未開封の眠眠打破。チョコボール（いちご）。

行動：眠眠打破はその場で一気に飲み、空いたビンは自販機脇のゴミ箱へ。チョ

0057

コボールは袋ごとカバンのなかへ。

感情：さあ、がんばろう。

カーセックス（9）

気づくかな。いつ気づくかな。と、薄明かりの中かすかに見えるクラハシの鼻筋や涙の膜で光った眼を見ながら、コウダは思っている。何気なく停めた甲州街道沿いのTimesの、隣に建っているマンションの、最上階。仰向けになっているコウダの視界の、その端に見える角部屋の、ベランダで、立ちバックをしている二人組の姿があった。いまこの地球上で幾千の生命が産まれ、そして死んでいるのと同じように、いまこの地球上では幾万の生命がその魂に触れ合い、濡れ合い、恐れ合い、悦び合い、解り合い、触れ合っている。そのことを、あの角部屋のべランダで、声を殺して動き合っているあのふたりは、わたしを通して世界に証明している。そのことを思いながら、クラハシの胸を、顔を、髪を、その背後の車の天井を、コウダは見つめる。改造されたバイクのマフラー音。徐行するパトカー。どこかへ、なにかを運ぶトラック。クラハシの呼吸。自分の呼吸。あの角部屋のベランダで、声を殺して、それでもお互いには聞こえている、呼吸と呼吸。気づくかな。いつ気づくかな。クラハシのペニスが拍動している。コウダは手を伸ばして、クラハシの頬に触れる。

一揆

「佐古田揆一朗です。統子さんと付き合っていて、半年ほど前に外資系の化学メーカーを退職して、いまは週2日、コールセンターでアルバイトをしながら、本を読んだり、凝った料理をしたり、たくさん眠ったり、友人に頼まれて家具を作ったり、しています。職にすればいいのに、とたまに言われます。あ、家具です。でもそれは、いまは考えていなくて、ただ、採寸して設計して調達して加工して組み立てて運搬して、そういうときの、なにもこもらない、こもらないというか、思わない、邪念と言うとあれですが、そういったもの。それらがない、ただ家具を作るだけ、友人のために、そういう状態でいられなくなることが、すこし怖いので。なので、考えていません。いいんです。お金は。もう飽きるほど働いたし、稼いだので。あ、ええと、材料費と送料くらいはね、いただきますよ。でもほんと、それくらいですね。まあ、飽き性なんです。だからもう、経済とか資本とか、いいんです。いいわけないいんですけどね。いいんです。少なくともそう思っているあいだは、こんなふうに馬鹿みたいな暮らしをしていたいと、思っています。これは自虐でも諧謔でもなく、すなおに、そう思っています。

姓、名、それぞれ3文字、というのはときたま珍しがられますね。佐古田はサコダ、と読み間違えられることがしばしばあります。揆一朗のほうはそもそも読めない、ということも、同じくしばしば、あります。統子さんはそういえば、一発でサコタキイチロウと読んでくれましたね。濁点がひとつもないね、と言われたのを覚えています。こう言うとへんに聞こえるかもしれませんが、僕は、姓名に濁点が入っている人のこと、ちょっとうらやましかったので。だから、統子さんの第一印象は、名前も見た目も雰囲気も中身も、かっこいい人だな、かっこいい人なんだろうな、でした。坂東統子、でしょ。たぶん、それだけじゃない。僕も統子さんも、お互いをうらやんでいて、お互いがお互いに、ああなれたら、と思っていた。んだと思います。統子さんの話はこれくらいにしたほうがいいんでしょうか。……そうか。はい。いえ。たまに、どこまでしゃべって、どこから遠慮して、どう振る舞えば、人から可哀想に見られないか、わからなくなるので。たまにじゃないですね。いつも、そう。ですね。

揆一朗の、揆一は、まあわかりやすく一揆のことらしく。朗は朗らかの朗。平たく言うと、人生を明るく邁進しろ、みたいな意味合いでつけられた名前みたいです。朗らかな一揆。……そんなものあるのかって感じですが。あだ名。あだ名は、つけられたこと、ないんですよね。だからあだ名も、あこがれのひとつです。統子さんはほら、名字から取ってバンちゃんとか呼ぶ人がちらほらいたじゃないですか。いいな、と、思っていました。なんでかいつも、どの時期に出会ったどんな人も、揆一朗、と律儀にそのまま呼んでくれます。ふ。ああ、そうだ。学生時代、僕は、いくらお酒を飲んでもまったく平気で、スッス杯を重ねていくので、挨一朗の一挨は静かだな、みたいなことを、ふ、言われたことがありますね。言われたときはやたら面白かったんですけど、なんだろう、やっぱり伝わらないものですね。

僕は、ヨシノさんという方についてほとんど何も知りませんし、統子さんとの関係も、詳しくは知りません。だから、迷ったんですけど。でも、きっと統子だったら、映りたがったんじゃないか。参加していたんじゃないか、なら、統子の記憶をまだ持っている僕が、こうして映ることには、きっと、なにか、意味が……。意味があるんじゃないか……と、思って、思った、んです。思っています。ごめんなさい。だから、こんにちは。あなたはいま、どこにいますか?どこに居るんですか?どこでこれを見ていますか?いま僕が居る、ここ、は、ここでは、もうすぐ今年が終わろうとしています。どの年もそうですが、今年も、いろんな方がお亡くなりになりました。統子が生きていたときには生きていた人が、統子が生きなくなってから亡くなっていく。皮膚の、ターンオーバーってわかりますか。あの感じ。組み変わって、生まれ変わって、やがてすこしずつ、すべてが入れ替わっていく。人類のターンオーバーの周期は、どれくらいなんでしょうね。何十年、何百年。あとどれくらい時間が過ぎ去れば、統子が生きていた世界のすべてが入れ替わり、組み変わり、生まれ変わるのでしょうか。あなたは、いま、どこに居ますか？あなたは、いま、生きていますか？あなたは、いま、僕から何を受け取りましたか？」

カーセックス（10）

一枚、一枚、手札を減らしていきながら、タブチからワゴウへ、ワゴウからタブチへ、ババが移っていく。いつ終わるんだろうこの渋滞は。おれは考えるのをやめたとワゴウが言ってジョジョだとタブチが言う。ジョジョだねとワゴウが言って二部だ二部だとタブチが言った。海老名ＳＡを出てすぐに、進む時間より停滞する時間が長くなって、タブチはダッシュボードに入っているトランプを取り出した。ババ抜きだババ抜きだ。カードを丁寧に切って、半分をワゴウへ渡して、最初から揃っている札は後部座席に投げ捨てる。タブチからワゴウへ。ワゴウからタブチへ。ババが移動したら、ババを引いた側は相手の嫌なところを言う。数札や絵札を引いて、札が揃えば、後部座席にカードを投げ捨てながら、相手のすきなところを言う。堂々と爪を噛むところ。道端のカマキリをしばらく追っていたときの静かさ。わずかに進む車。洗濯物を干したあといつもちょっと誇らしそうにするところ。すぐハーゲンダッツを買うところ。親指の細さ。靴底が分離するまで同じ靴を履き倒す習性。プラスチックのコップへの執着。わずかに進む車。駅員さんになにか尋ねるときの仕草のすべて。筆跡。まめにバックアップをとるところ。苦手な人やものに対して、すきになろうとしないところ。わずかに進む車。世界史の教科書と地図帳だけは持ち続けているところ。金髪だったときの似合わなさ。ハンコを押すとき唇を噛みしめる癖。トイレットペーパーシングルへの敵意。朝の第一声。わずかに進む車。背筋の良さ。嘘笑いのほんとっぽさ。わずかに進む車。不調を悟らせまいとするときの踊り。わざわざゼロ距離で笑おうとするとき。わずかに進む車。わずかに進む車。速度を上げる車。

光景／後景（1）

「ラピット」

「ラピッド」

「ラピド。ラピド?」

「ラピッド」

「ラピッド……!」

「そう。そーうそうラピッド」

「英語?」

「英語ちゃう?あ、急速。って意味で、ドイツ語やって」

「ふうん〜ん……」


「……」

「……」

「あんさぁあ〜〜あ?」

「あなたいい欠伸するねえ!」

「ん?ん。あのさあ」

「ん」

「ラピート乗ったことある?」

「な「あ「い「たしあるんだ〜「いや早いわ。ねえ。全然待たんやん」

「一回だけねえ。おばあちゃんとね、乗ったの」

「どっちのおばあちゃん?」

「門司港で金物売ってたほう」

「あ、そっちかい。大阪関係なさそうやけど」

「ん〜ないよ」

「んね。ないよね」

「門司ばあちゃん、なんか、出張でというか。いや出張か。出稼ぎっていうか。いや出稼ぎなのかな。まあ〜出張かなあ。で刃物研ぎに行ってて。昔。わたしがちいちゃかったころ。昔に」

「あ〜ん」

「それにね。ついてったの」

「へ〜〜〜〜そうなのか。カロリーメイトい「いらない「る?即答じゃん」

「すきね、それ」

「すきなんだよねえフルーツ味」

「あ、ラピッド」

「ラピート」

「きたね」

「盛り上がってきた」

「きたねえ。あ」

「あ?」

「充電器忘れた」

「いいよ。一緒に使えば」

カーセックス（11）

ワダ、ミムラ、アイモト、ヨシダがその証人だった。あいつすぐヤるぞ。3組のカツラ。書道部の。チョロいっていうか話が早いんだよな。いやほんと、まじで。なあ。いつもの4人が青砥駅で降りてから、ワキヤマはカツラにメールを打った。アイモトたちから聞いたよ。市川真間駅で快速の通過待ちをしている電車の中で、ワキヤマはセンター問い合わせでカツラからのメールを受信する。それで?という短い返事に、俺ともやってくれんの、と同じく短い返事を送る。いくら出せんの。500円。いいよ。いいのかよ。今日ならいいよ。いいのかよ。東中山駅で降りて、駅を出ずにすぐ反対側の電車に乗って、折り返す。京成中山、鬼越、京成八幡、菅野、市川真間、国府台、江戸川、京成小岩、京成高砂、青砥、お花茶屋、堀切菖蒲園……。普段通過する駅、乗る駅、降りる駅。反対方向に一駅進むだけで、世界が違って見える。あそこの商店街では、コンビニが潰れて八百屋ができたらしい。あそこのラーメン屋の店主は生け捕ったネズミをペットの蛇に与えているらしい。あそこの学校の校舎は病院を改装してできたもので、視聴覚室はもともと霊安室だったらしい。あそこの駅ではよく人が飛び降りる。あそこの道で映画が撮られた。あそこの公園でコバヤシとムトウがディープキスしていた。自分の口から語られたゴシップ、他人の口から出たゴシップ、それらが後景に退き、べっとりと景色に張り付いたゴシップごと自分の身体から引き剥がされていくような感覚に、ワキヤマはなった。千住大橋で降りる。ワダもミムラもアイモトもヨシダもそれぞれの部活や予備校で一緒に下校できないとき、ワキヤマはたまにカツラと学校から駅までの短い一本道を歩くことがあった。ワキヤマは成田方面、カツラは上野方面だから、いつも改札を通過したあとふたりは別れる。だから今日はめずらしく、改札を通過したあと、ふたりは落ち合った。千住大橋の駅前で、ふたりは立ったまましばらく話した。もう夕方も終わりごろだ。なんとなく話のタイミングを掴みそこねていたワキヤマに代わって、行こうか、こっち、とカツラが言って、ふたりは歩き出した。日光街道に出て南に進み、隅田川を越えてから脇道に入って少し歩いたところにカツラの住む一軒家があった。電気はすべて消えていて、人の気配はない。ちょっと待ってて、とカツラが言い残してひとりで家に入っていく。細くて静かな道の真ん中で、ワキヤマは携帯電話をパカパカ開いたり閉じたりしながら、カツラを待つ。やがてカツラがチャラチャラと微かに金属音を鳴らしながらやってきて、ワキヤマの手を掴んで家の敷地内に引き入れる。え、家で？ほんとに？ワキヤマがいまさらな疑問と怯えを抱いているうちに、カツラはガレージに停まっているＢＭＷの鍵を開けて、助手席に座った。開け放たれたドアから、ワッキーは運転席ね、と言い、いやまずはわたしが運転席いくわ、とまた車から出て、回り込んで運転席のドアを開けて、運転席にドシッと座るカツラ。ぼやぼやした気持ちで、とりあえず助手席に座り、ドアを閉めるワキヤマ。おれ免許持ってないよ。わたしもないよ。はあ?とワキヤマが言うか言わないかのタイミングでカツラは勢いよくアクセルを踏む。むうんむおんおおおおおおんんん!!!!!ギア入れなかったら、進まないから。音、出るだけだから。すごい音出るだけだから。言いながらカツラは運転席を出て、助手席に回り込んで、ドアを開けてワキヤマを車から出す。今度はワッキーが運転席。わたし助手席。わけのわからないまま言われるがままにワキヤマは運転席に座り、ドアを閉める。助手席に座ったカツラが、500円、と言ってワキヤマのほうに手のひらを差し出す。は?500円。どういうこと。500円。いや、え?セックスなめんな。え……。なめんな。カツラはもう一度、ワキヤマの眼を見て言う。セックスなめんな。それは、たかだか500円でセックスできると思うなよってことなのか、裸になって身体を触り合ってきもちいーきもちいーで頭がいっぱいになることだけがセックスだと思うなよってことなのか、どっちの……とワキヤマは考えながら、カツラの眼を見て、カツラの家に電気がついていないことを思って、この車の持ち主を思って、もう一度、カツラのことをちゃんと見た。どっちでもいいや、とワキヤマは思った。エナメルバックからPUMAの財布を取り出して、500円玉をカツラの手のひらに乗せる。500円玉をポケットに入れながら、ペダル踏むだけね、ギア入れると進んじゃうからと言うカツラ。わかった。両手でおずおずとハンドルを握って、ペダルを踏むワキヤマ。弱々しくエンジン音が鳴る。ペダルを踏むワキヤマ。もっと、と言うカツラ。何度か繰り返されてから、手握ってもいい?と訊くワキヤマ。500円、と言うカツラ。渡すワキヤマ。ワキヤマから渡された500円玉2枚を持って、あとでこれでマック行こう、と言うカツラ。ギアを入れると進んでしまう。ワキヤマは思う。進んだとして、向かう先なんてあるのだろうか。

見えない手

早朝、新宿へ。予約していたハイエースに乗って、甲州街道を調布方面へ走りながら、戸崎に電話をかける。そのあたりで既に、今日一日では終わらないんだろうな、とは思っていた。詰めつつ運ぶ、の繰り返しでいいっしょ。ふたりだけど荷物そんなにないし。詰めつつ運ぶことがどれだけ時間のロスになるか、戸崎の「そんなに」は果たして俺にとっての「そんなに」と合致するのか、そもそも何時に終わらせるつもりなのか、戸崎にとっての「終わる」とは、「一日」とは。言いたいことはもろもろあったが戸崎の性根はもうわかりきっていたし、このハイエースのレンタル代も朝昼晩の食事代もすべて戸崎持ちだということは確認していたから（朝から晩まではかかるだろう、ということくらいは戸崎もなんとなくわかっているのだろう）、多くは言わず、聞かず、俺は戸崎の家に向かった。向かっている。

桜上水の駅にほど近いところに建つ低層マンションの一室が戸崎の家だった。近くのコインパーキングにハイエースを停め、エレベーターで（階段しかないタイプじゃなくてほんとうによかった）3階まで上がり、305号室のチャイムを鳴らす。

「はよ」

「はよう」

「ままま靴くらい脱ぎなって」

「脱ぐんだよいま。入るんだよその前に」

寝癖と寝起き特有の薄目によって顔面がとっ散らかっている戸崎を引き剥がすようにして玄関扉を大きく開けて、玄関兼キッチンに入って、おざなりに靴を脱ぎながら、リビングの窓際にわずかに積まれたダンボールを見て、戸崎が思いのほか荷詰めを進めていたことを知る。

「いうてやってんじゃん」

「と思うでしょう」

「思った思った」

リュックの中から、行きしにコンビニで買ったおにぎり（ツナマヨネーズ）やじゃがりこやベビースターラーメンやブラックサンダーをビニール袋からリビングの床に落とすように出して、一緒にひらひら落ちていったレシートを拾って戸崎に渡す。おにぎりとベビースターラーメンを交互に食べながら（ほんとどうかと思うよ、と戸崎）、段取りを決める。ひとまず荷詰めが終わっているダンボールを積んで、空いているスペースに入りそうな家具家電を積んで、一旦新居へ。荷物を降ろしたらすぐにまた戻って、ふたりで荷詰め。それが終わったら荷詰めされたダンボールを積んで再度新居へ。積んで、降ろして、戻って、積んで、降ろして、戻って、初手で積みきれなかった家具家電を積んで、降ろして、戻って、空っぽになったこの部屋をふたりで軽く掃除して、レンタカーを返して、返せなかったらコインパーキングに一晩停めることにして、おつかれさま（それでいこうそれで、と戸崎）。ブラックサンダーをふた口で食べ終えた俺は立ち上がり、ダンボールを運び始める。戸崎はリビングの真ん中に突っ立ってじゃがりこを食べている。運び終わる。電子レンジと炊飯器と一人がけソファを運ぶ。戸崎はベランダで煙草を吸っている。運び終わる。ふたりでハイエースに乗って、あらかじめ聞いておいた住所をGoogle Mapに入力して、分倍河原の新居までかっ飛ばす。

戸崎は助手席で腕を組んで険しい顔で眠りこけている。新居に着く。戸崎を起こす。

「おい殺すぞ」

「んはよ」

「死ね。起きろ」

「無茶言わんとって」

俺は電子レンジの上に炊飯器を乗せて、戸崎は一人がけソファの上に比較的軽いダンボールをひとつ乗せて、運んでいく。エレベーターで、6階（エレベーターが無かったら絶対に手伝わない階数だ）。出てすぐの角部屋（これもまたありがたい位置）。戸崎が鍵を開けて中に入ると、リビングの奥、ベランダへと続いている窓にもたれるようなかたちで、サモトラケのニケが置かれていた。

「いやびっくりするわ。何かと思った」

高校生のころから、戸崎はこの、サモトラケのニケ2分の1スケールのぬいぐるみを抱いて眠っているらしい。俺がいつ戸崎の家に行っても、このニケは布団を丁寧に胸元までかけられた状態で横たわっていたし、戸崎が家を出ているときなんかは、戸崎の気配がニケの中に詰まっているような気がしてこっそりニケを抱きしめたことだってある。戸崎がInstagramのストーリーで部屋の写真を投稿するときは大抵ニケが一緒に写っていたから、その愛着というか執着というか、を考えると、ニケ先着も納得、といったところだった。

「昨日の夜、こいつだけ先に運んどいたの」

身体全体をゆするようにして一人がけソファを持ち直し、靴をおざなりに脱いで戸崎は部屋に入っていく。

「お前これどうやって運んだん」

「軽いからさ、こう、抱えて、自転車でゆっくり。夜に」

「いや怖いわ。バンクシーか」

「バンクシーではないでしょうよ」

戸崎もようやく本気で動く気になったのか（殴りたい）、一緒になって（戸崎なりに）きびきびとハイエースに積まれた荷物を運搬し、正午にはまた桜上水に。マクドナルド桜上水店で持ち帰りのナゲット

15ピースとポテトLを6つとスプライトL2つ（お前が心配だよ、と戸崎）を調達して、旧居へ。ナゲットとポテトをスプライトで流し込んでから、鬼の荷詰め作業。いやほんとに鬼。繊細なつくりをした食器の量が尋常じゃない。子沢山の貴族か。俺はこの食器類に対する責任を一切取れない、と判断し、割れ物は戸崎にフル投げ。一旦ベランダで煙草を吸って気合いを入れて、本棚から本をすべて出してダンボールにばかばか入れて、本棚の棚板を外し、ビニール紐で縛り、外し、縛り、の繰り返し（やっとけこんなん）。イライラしつつ、単純な肉体労働への没頭が段々と気持ち良くなっていくようでもありつつ、上段と下段を解体して、軽く埃を拭いて本棚は一旦終わり。戸崎の了承を得て（得なくてもやるつもりだったが、一応）、押入れやリビングのあちこちに積まれたり散らばったりしている有象無象、みたいなものたちを、つかみ取りみたいな感覚で手当たり次第にダンボールへ入れていく。なんだかんだでそれで16時。戸崎に任せた割れ物梱包を結局手伝い、ハイエースに積み、分倍河原アゲイン。新居アゲイン。また会ったなニケ。それでまた桜上水へ戻って、細々した残りものをハイエースに放り投げるようにして積んでから、ふたりで掃除。風呂場は諦めた。戸崎はキッチンとトイレ、俺はリビング、ベランダや窓はふたりで。この時点で時刻は21時を回っていた。

「終わるもんだなあ」

俺はすこしハイになってきていて、それは戸崎も同じようだった。

「終わんないかと思ったよね」

「ハイエースはもう明日にするしかないけど」

「まあ、ねえ。じゅうぶんでしょう」

最後にふたりで、キッチンの窓も、風呂場の窓も、ベランダの窓も全開にした状態で、なにもなくなったリビングで煙草を吸った。煙草を吸いながらiPhoneのカメラで戸崎を撮って、クソ野郎の引っ越し、とテキストを打ってInstagramのストーリーに「親しい友達」限定で投稿する。その流れでTwitterを開くと大学時代の知人が選択的夫婦別姓だの同性婚だのについてやんややんや発信していて、見てしまった、と思う。投稿したストーリーに対して、友達がさっそくハートマークの絵文字を送ってくる。鬱陶しい。でも本当はそういうインスタントな反応が逐一欲しい。いやそれは本当なのか？　いつだって部外者は気楽で、悲劇も不遇も他人事で、いやそりゃそうっていうかあたりまえにあたりまえのことではあるしそれは俺だってそうだ。（でも）（だが）（しかし）。そう思ってしまう。（）をいくつも重ねて言葉を続けようとしてしまう。嘆かわしいとか愛おしいとか祈ってるとか言ってりゃ勝手に世界が良くなると思っている奴らの集合がいまの世界を作っている事実にもはや吐き気すら覚えない。ただただ凪いだような諦めと、己の人生への乾いた眼差しがあるだけ。だからそれは「行こうかあ」

「……んぬ。うん。行こうか」

「なんかまたSNSでも見てぐるぐる考えてたでしょう」

「うん。行こうか」

「図星になるとおんなじことしか言わなくなるの、やっぱかわいいよねえ。あなたの美徳」

「うん！行こうか!!」

「あはは行こうかあ〜！」

些細なきっかけで漠然とした他罰的な憎悪が脳みそを濁らせていく。ハイエースを分倍河原へ運ぶ。戸崎の新居で一泊して（一緒の布団で寝る？　寝ちゃう？　え〜久々〜、ねえねえ、ヨリ戻しちゃう？ねえねえねえ、と戸崎）、明日の朝イチでハイエースは返却。戸崎と会うこともしばらくはないだろう。一生ないのかもしれない。

「ねえねえねえねえねえねえねえねえねえ〜」

「戻さねえわ」

「あははだよね〜」

「ニケとよろしくやっといてください」

「言われなくてもねえ、毎日仲良ししてるよ」

「ニケに抱きついてオナニーすんの仲良しって言うのマジでエグいからやめたほうがいいよ」

「別れた人からの助言は聞かないことにしてるんだよね」

「別れた人からの助言くらいは聞いといたほうがいいと思うんだよね」

「ニケを抱きしめるとさ、見えない手で俺も抱きしめられているような感覚になるんだよね」

「はあ」

「こう、さあ〜、フッ、ってね。あるんだよね。それでさ、俺は俺に言うんだ」

「……なんて?」

「がんばったね、って」

光景／後景（2）

「いやびっくりしたよねえ……。専務なんて誰よりも早くメット被ってたからね」

「はやかったですよねえ」

「もうみんなミーティングどころじゃないから」

「もしもし、も……。もしもし」

「え、ちょっとほんとやばいっぽいよ」

「だめだ、ドコモはだめだ」

「ソフトバンクも無理っぽいっす」

「Twitter?　なんて?」

「あ、もしもし、うん大丈夫。え、もしもし?」

「いや暑い。あっつい」

「やっぱauが最強なんだよ。これではっきりしたよ」

「私そのときお手洗いにいてさあ～」

「ではその件は後日」

「まぁじで～?　やっば～」

「ああもういいや!　公衆電話どこ!?」

「電車止まってるんだってさ」

「全滅?」

「全線全滅」

「震源地どこ?」

「あーなんかすごい脇汗出た」

「いやうちの携帯つながってるからね」

「いまのうちにマックとか行ったらだめかな」

「いいからちょっとここにいろ」

「ウィルコムなら繋がるんじゃね」

「なに? なに?」

「そこの人こちらへ! 落下物に気をつけて! 前へ!」

「福島」

「うん。うんいま青学の近く」

「俺久しぶりに実家の両親に電話したよ」

「午後の予定どうしましょうかね」

「あそこのビル見た?」


「一瞬、ほんとにあ、終わった、って思ったわ」

「萎え」

「こういうときどういう顔したらいいかわかんなくて気まずいよね」

「福島ぁ?」

「本がばっさばっさ落ちてきてほんとあせって」

「ちょ、やばいやばいタイムラインやばいやばい流れんのちょーはやい」

「7……」

「食器大丈夫かなあ」

「うわこれ今日帰れんの?」

「やっぱネズミとかさ、こういうの察知するんかな」

「鳥肌たってきた」

「携帯電池きれそう」

「福島ってどこだっけ」

「群馬の横だっけ」

「コンビニ行こう。はやく。行ったほうがいいよたぶん」

「ほんともうドコモなんなの!!」

「あ、どうもどうもすみません、お疲れ様です」

「眠い」

「まぶしい」

「あー電池切れた」

「とっさだったよ」

「『【緊急】電話の使用を極力控えてください。被災地の方に少しでも回線を開けてください』だって。Twitterで」

「メットをこう。バッて。バッ」

「いえいえとんでもない」

「もう徹夜三日目なのにこれはきついわあ」

「今日?」

「なーんかもーつかれたよー」

「さっきはありがとうございました」

「あうんの呼吸ってやつでしたね」

「はあ」

「なんでこんなときに非通知着信がくるんだよ」

「あれ、あれ無い、あれ無いあれ無い財布がない……」

「すげえな、もうデマとか出てんのな」

「東北？　まじで？」

「ええっ？　なにい？　聞こえないんだけど!?」

「部長汗やばいっすね」

「いつかいつかとは思っていたよ」

「いや不安を煽るんじゃやねぇ」

「今度はauが繋がんねえじゃやん」

「ビルまだ揺れてる」

「なえぽよじゃん」

「なんもねぇ〜」

「渋谷でお泊りとか」

「あああああ」

「カラ館もう満員。相部屋ならいけるって」

「ローソンなんもなかったんやけどさ。文房具の試し書きんとこに『さしすせじしん　たちつてつなみ』って」

「いやでもほんとにありがとうございました」

「なえるわ」

「ぐらっときたね」

「人いすぎマジ」

あらゆる

私の中に僕がいる。

いや、もしかしたら、僕の中に私がいるのかも。

とにかく、自分の中には、私と僕がいて、ついでに言うと、俺も、あたしもいて、もっと言うと、オレもボクもいて、アタシだって吾輩だってワシだって、存在感は薄いけれど、ちゃんといる。いるんだよな。

ええ……？

と、聞いたあなたはひるんでしまうかもしれない。えっと、つまり、〝そういう〟人？　心と身体の性別がうんぬんかんぬん、ってやつ？　なんにせよ、面倒くさいやつだな、と。

たしかに面倒くさい話ではあるけれど、でも、自分は〝そういう〟人ではなくて、いや、〝そういう〟人だったとしても、一応は、（社会性や社交性はともかく）ちゃんとした人間、なのです。

今の私が過去の僕を思い出すとき、過去の僕が未来の私を思い描くとき、そこには想像と現実が交わり合うリアルがある。自分の中にはたくさんの一人称が散らばっていて、過去を、未来を思うとき、今を生きるとき、そのときそのときで、私や僕やあたしやオレなんかが、もぐらたたきみたいにひょっこりと顔を出す。

中学一年でオレはオナニーを覚え、高校三年で僕はすべての志望校に落ちた。高校二年で俺が始めたベースは今も売らずに持っていて、私はそのころ、あなたのことが好きだった。あなたは、僕や俺のことしか知らないだろうけど。

そしてときには、複数の一人称が、自分の中で同時に顔を出す。傷ついたオレを私が慰め、笑っているアタシに僕が水を差す。私やわたしやアタシが恋をすれば、僕や俺やオレやボクが、きもちわるいと叫びだす。逆もそう。私があなたを好きになっても、僕が他の誰かを好きになっても、違和感を主張する俺やアタシがいる。いつだって、そう。この先もたぶんそうだ。

でもそれはあなただって同じだ。

きっと、とか、たぶん、とか、あえて付け足さないで、同じだ、と私は言い切る。

あらゆる人の中にはあらゆる感情がまたたいている。喜怒哀楽やそれ以外の感情、どれか一つだけで生きていくことはできないし、どれが欠けても生きていけないないし、生きてきたことにもならない。怒りに打ち震えたあとに安らぎを求めるように、つかの間の安らぎのあとには怒りや悲しみが必要なのだ。幸福だけでは人は生きていけない。私だけでは私が生きていけないように。

私は今日も眠る。私の中には僕がいて、僕もまた眠りにつく。やわらかいものに囲まれた布団の中、そのうちの一つを抱き寄せて眼を閉じる。

日本も中国もアメリカもドイツも、インドもロシアもガーナもチリも、京都も、京都以外も、この地球上の世界中は、あらゆる母親のお腹の外だ。未来も今も過去も、すべてが重なり合う「この場所」に、わたしも、わたし以外のあらゆる人も、立っている。生きている。信じている。

そんなことを考えながら、私の意識は遠くなる。朝目覚めたときの私が、僕ではない保証なんて、どこにもない。

オリエンタル・プレイ

【総勢一人の百鬼夜行】

https://[redacted].hatenadiary.org/

2009-10-14

〈新型とか近況とか〉

地味にお久しぶりですどうもどうも～総勢でございい。

えーと、いつぶりだ……?半年ぶり?

見てる人いるんだろうか……

まあ、いいや。

とりあえずてきとーに近況報告をば

えっと、まあ、色々ありました。

kai（幼馴染ですね）とタイガーが撮る映画の主役に抜擢されて、出たし。

映画のナレーター（？）みたいな、実況みたいなこともしたし。

いやー、しかしアホな内容の映画だった。

「高校生映画甲子園」なるコンクールに送ったらしいけど、あんな内容で果たして選ばれるのか。

タイガー曰く「まあ一次審査くらいは通過すんじゃね？」とのこと。うーん……

まあ、意外と楽しかった。というか、かなり楽しかった、またああいう馬鹿馬鹿しいことやりたいわー。

大学行ったら映画サークルなんか入るのも良いかもとか思っちゃったり。

やば、書き方わかんなくなってるわ。

あ、あと、彼女が出来ました。

いやー、しかしまたできるとは思ってなかった……告白してみるもんだね。

前の彼女とはね……まあ……俺があり得ない失態を犯してしまったのでね……。

今度はもうそういうことはしないように注意しよう、うん。

もう二度と上半身裸のままバスに乗ったりしない、絶対に。

あとはそうだな……。あ、夏に富士山のぼりました。

意外と楽に山頂まで行けて、なんか拍子抜けだった。
まあ、五合目からのぼったんだけどね。

夏は色々行ったなあ、海に山に……図書館に……。
来年はこんな遊んでばっかいらんないよなあ。浪人だけはしたくないし。

さらにさかのぼって、そういえば一月はkaiと二人で仙台に行ってきたんですよ。
鈍行列車で、青春18きっぷで、片道10時間近くかけて行きました、長かった……
本当は青森に行く予定だったんだけどね、恐山が閉山中でやむなく仙台に。

まあ、青森は車の免許とってからだなあ、行くとしても。

そして急に最近の話に戻りますが、ワタクシ総勢、新型インフルにかかってしまいました。

一時期は39.5℃も熱が出ちゃって、いやもう大変でした。

もう熱は下がったんだけど、解熱後二日間は学校に来ちゃダメ！という先生からのお達しにより、まだしばらく学校に行けないのです。

あー、暇。

と、いうわけで、このまま自然消滅しそうな勢いで更新が停滞してたんですが、まあこんな感じでゆるゆるとやってきます。
企画もね、やったはいいけど書くのがめんどくさくてね……まあそれもおいおい、こういう暇なときにでも書いていきます。

ではでは。

2009-10-22

〈あに、ねむらざるや、えんや。〉

どうもどうも総勢です。ええテストです。テスト期間ですよはいはいテストテスト。そんなことはどうだっていいんですよ。タイガーと今度企画をやろうと思っています。書いてねえ。まだ前やったやつも書けてねえ。いいんだいいんだ。貯金だ貯金。やあにしても久々。久々くらいが需要と供給トントンなんじゃなかろうか。タイガー、あの子いま高熱でダウン中らしいけど大丈夫かしらん。まあ俺にできることなんてないのさ。這い上がれ、いや上がんな、平熱に戻れ、下がれ、タイガー。俺とSkypeをするんだ。kaiと三人でPodcastでも録ろうや。

・五年も使っているオンボロ携帯のメモ帳がいっぱいになってしまった。南無三（使い方あってる？）

・買いたい本とかいちいちメモしてたらあっちゅうまに文字制限をオーバーしてしまう。

・足の親指の第一関節の下あたりに生えてる毛がやたら長い、抜きたいけどとても痛い。

・なぜか腿の毛が太い。抜きたいけど痛い。
・ついでに眉毛もなんとなく太いような気がする。
・最近モミアゲとアゴヒゲが繋がってきた、うれしい。
・インフルで学校休んでいる間、やたら暇だったからチン毛を全剃りしてみた。チクチクして痛い。

・母方の祖父も父方の祖父もツルツルに禿げているから、自分は将来100%禿げるんだなあと思うと悲しい。

・明日の化学のテスト、シャレにならないくらいやばい。こんなことやってる場合じゃない。

・いまだにkaiが会う度に仙台旅行でのあれこれについて掘り返してくる。もうやめてくれ。

・タイガーの幼馴染と映画撮影ぶりにばったり再会した。

箇条書きにする意味よ。8割毛に関することだし。

あと最近は岩井俊二のことが気になっております。何から観るべきか。四月物語？

2009-11-13

〈大事なものほど溶けていく〉

こんちゃ〜すどうもどうも総勢です。四川省と箱庭諸島で時間が溶けていく。まただよ。エンディングが明確にあるってことがゲームの良さだと思っていた中学生の俺へ、そのまま四川省と箱庭諸島を知らないまま軟式ボールをぽこぽこテニスラケットで打っといてくださいな。あといまの俺へ。週明けの英単語テスト、まじ頼んだからな。

2009-11-14

〈こんばんは〉

朝です。どうもどうも総勢です。いや、違うんだ。何がって感じだけど。違うんだ。躍起になって寿司打の自己ベストを更新しようとしていたわけではないんだ。

四川省でもないんだ。（色々あって）タイガーとチャットしていたらお互い眠れない感じになっていって、けっきょく初代マリオをやっていたんだ。俺がね。タイガーはなんか俺とチャットしながら授業の予習（授業の予習！）をしているとかなんとかで、器用。俺は（初代マリオは）8面まで行って、そこらへんで全部雑になって死にまくる。タイガーは牛乳寒天とパンナコッタと杏仁豆腐とマンゴープリンの違いがわかっていなかった。マンゴープリンはわかるだろ。パンナコッタはパンナコッタって名前じゃないだろ絶対って話にもなって、酒が飲める年齢まであと数年ってことが信じられん、って話にもなった。フジファブリックは結局TEENAGERだよね、っていう話も出た。お腹はコーラでいっぱい♬朝まで

聴くんだAC/DC♬

眠い。

2009-12-08

〈オナニー幸福論〉

男も女も大人も子供も白人も黒人も黄色人種も社会人も学生も先生も生徒も日本人もアメリカ人もイタリア人もチェチェン人も総理大臣も大統領も天皇もクー・クラックス・クランもロスト・ジェネレーションもヤリマンもヤリチンも処女も童貞もヤクザもカタギも、みんなみんな、オナニーしてるんだよなあ、と考えると、どんなことも許せるような気がする。落ち込むことがあったり、人やモノにムカついたり、悲しみに暮れたり、何かとてつもなくひどい目にあったとき、そんな想像をすると、心が穏やかになる。への字口が微笑みに変わる。なんでも許せるような気持ちになって、ああ、みんなそうやって生きてるんだなぁ、と思う。敵も味方も、自国も他国も、いじめっ子もいじめられっ子も、絶頂に達する瞬間は、それぞれの場所で、たった一人なのだ。すべての垣根を飛び越えて、ただのニンゲン、ただの動物になるのだ。戦争、紛争、争い、諍い。すべてを超えて、すべてを忘れて、人はオナニーをする。どこかの国と国が戦争を起こしそうになったとき、みんながそんな想像をしていれば、すべてがバカバカしくなって、あーもういいよやめよーぜドンパチ、と言い出す人がたくさん現れるんじゃないだろうか。だって嫌だ。安心して、穏やかな場所で、絶対的に一人でいられる場所で、確実にオナニーができなくなる世界なんて。そんなの絶対に嫌だ。みんな、嫌なはずだ。ともすれば、オナニーは世界を平和にする、たった一つの完璧な手段なのかもしれない。さあ、みんなで想像しよう。シンクオナニー。ラブアンドピースアンドオナニー。総勢でした（何）

【２００２年】

午後5時半。帰りの会も終わりダラダラと居残っていた女子もいなくなり、朝礼台のあたりでたむろしていた男子も帰り支度をはじめたころ、ぼくは4年2組の教室の、一番後ろの席よりさらに後ろ、ベランダに通じる窓と、掃除用具が入っている巨人の筆箱みたいな灰色の物置との間、すきっ歯みたいに微かに空いたスペースで、静かにうずくまっているミヨシを見下ろしていた。

「ねえ」

ぼくは右腕に持っているホッチキスをパン屋のトングみたいにカチカチ鳴らしながら、ミヨシに声をかけ続ける。

「ねえって、ば」

ば、という声と同時に、身体を抱え込みすぎて膝小僧の奥に埋もれそうになっているミヨシのアゴ下あたりを、足でやさしく蹴り上げてやる。やさしく、というのは、ぎりぎりアザにならないレベル、ということだ。

「早く受け取ってほしいな」

できるだけ穏やかに、のんびりとした口調でぼくは言う。蹴り上げたことにより顔が上がり、けれど目線だけは木製タイルの床面あちこちを泳がせているミヨシの、その目線の先に、ぼくはホッチキスを差し出してやる。

「これ。ホッチキス。ぼくのなんだけど」

「ふ……」ミヨシの視界がホッチキスを避けようとしているのがわかる。

「おーい」

ぼくはゆっくりかがみこんでミヨシのちいさなアゴをつまむ。夕日の残りカスみたいな光が二重窓からミヨシの顔を半分照らしている。つやつや光るミヨシの鼻に自分の鼻をそっとくっつける。最初目を逸らしていたミヨシは、そうしないとぼくが一生この体勢のまま動かないとでも思ったのか、意を決したようにぼくの目を見た。いい子だ。かわいい子。ぞくぞくする。うっすらと口元だけで笑いながら半歩引いて、さっき蹴り上げたミヨシのアゴを見る。うん、アザにはならないはず。上履きの先端をもうすこし硬く改造できないかな。ライターで炙ったら、どうだろうか。

極度の緊張でまばたきを忘れているのか、ミヨシの眼が水気を帯び、涙が目尻に溜まりはじめていた。いじらしい、ってこういうことだろうか。昨夜、家に帰りたくなくて居座り続けた古本屋のワゴンに置かれていた、西村京太郎のトラベルミステリを思い出す。ミヨシ、ああ。再度ミヨシに顔を近づけ、額と額がぶつかりそうになったところでミヨシは衝突の予感に目をつぶり、ぼくはそれを確認してから顔を横にそらせて、しめった唇でミヨシの右目尻にキスをした。唇を離すとき、ミヨシの皮膚とぼくの唇が唾液によって作られた線で一瞬繫がり、風よりも微かな音と共にまた離れた。その唾液の跡を確認するようにミヨシの目尻を舌先でなぞる。その間ミヨシは何度も身体を小さく震わせていて、ぼくは思わず荒い鼻息を漏らしてしまう。ミヨシについたぼくの唾液が、消えていく夕日とは対象的に存在感を増していく廊下側の蛍光灯に白々しく照らされてテラテラと光っている。その姿に圧倒的な美しさを感じながら、ぼくは感動を悟られないように呼吸を整えてから顔を離し、両脛の前で硬く結ばれているミヨシの腕を解き、ホッチキスを手渡した。

「かんたんだよ」ミヨシの手首を強く握ってぼくは言う。「すぐ、ほら。すぐだよ」

「あの、ぼく」ミヨシの目は手渡されたホッチキスとぼくの顔を行ったり来たりしていた。

「ぼく?」

「ぼくは、は。ぼく、は、……」言葉がそのまま口から出てこないもどかしさからか、ミヨシは小さく折りたたんでいた両足をさらに内へ内へと押し込んでいくように下半身をもぞもぞ動かした。

「だいじょうぶだよ」ぼくはこれまでで一番やさしい声を出す。「こうやってね、それを、口の中へ入れて、ベロをちょっとだけ上げてね。その、ベロに、その、ホッチキスを挟み込んでね、あとは、手に力を入れるだけだよ」

「う。ふ」ぼくが言葉を区切るたびに、ミヨシは首を縦に振ったり横に振ったりしている。もう、よくわからなくなっているんだろう。この状況が。この時間が。

ぼくがミヨシをこうして追い詰めはじめてから、すでに1時間は経っていた。

短く刈り込まれたミヨシの頭を、人馴れした猫にそうするように撫でる。ランドセルの肩紐を律儀に掴んで通学路を歩くミヨシ。理科の実験で試験管を落として口を半開きにしたまま右往左往するミヨシ。昼休みの最初から最後まで自分の机で手塚治虫『三つ目がとおる』を読んでいるミヨシ。音読がへたくそなミヨシ。あらゆるミヨシがぼくの頭に浮かび、そしていま、極限まで追い詰められ、なすがまま、ぼくに頭を撫でられているミヨシと繋がる。誰よりも地味でドジで目立たない日陰者。と、自分で思い込んでいるミヨシ。そのミヨシにぼくはいま、スポットライトを当てているんだ。誰よりもミヨシがミヨシらしく輝く瞬間に、ぼくは立ち会っている。みぞおちのあたりを思い切り蹴り上げたい衝動を押さえつけながら、ぼくはミヨシに声をかける。

「さあ。ほら。だいじょうぶ。だいじょうぶなんだよ」


保険の授業。担任の柏木が粘膜のような笑みを浮かべて、

「さてみんなに問題です。赤ちゃんは、なーんーで、できるの、で、しょうか」

黒板に同じ言葉を書きながらぼくらに問う。

静かに騒がしくなった教室で、ぼくはひとりシラけた気分で机の隅を指でこすっていた。手をつなぐ！　なんだよそれカンタンすぎだろ。そういう特別な手術があるんだよきっと。どういう手術だよ。愛し合っていれば自然にできるんじゃないかなって思います。だから自然ってなんなんだって。ていうかそれオレら必要？　男子は口々に自らの考察を発表し、別の男子や女子がそれに難癖をつけ、不服申し立てをする。柏木は黒板の端に「みんなの答え」と書き、ひとりひとりの意見を馬鹿丁寧に書き並べていった。

「そんなの決まってんじゃん」

ぼくのすぐ後ろの席でチートスが声を上げる。

「キスだよキス」

チートスは、訳知り顔と、訳知り顔での発言に真実味をもたせるのがときおり妙にうまい。アルコールランプを外したビーカーの中身のように場がサアッと静まる。一呼吸置いて
「わたし、ちっちゃいころお兄ちゃんとキスしたことあるけど、子供できなかったよ」

教室の窓側から数えて二列目の、一番前の席に座るコトが控えめに反論する。

コトは学校生活における大抵の局面で基本的には静観と日和見に徹するタチだが、チートスの言動にはなにかと突っかかる。

「それはさ」淀みなくチートスは言う。「そのころはまだ、オレらの体にそういう、えっと子供ができる機能？　みたいなのがちゃんとできてなかったんだよ」

教室の数人から、おー……、という、納得と感心が入り混じった声が漏れる。

柏木はそんな教室を一望してにやにや笑っていた。

「キスの仕方も関係、あると思う。あと、確率、みたいなのも、あるんだと思う。キスしたら100パーセント子供が産まれるわけじゃないっていうか」

そこまで言ってチートスは黙り、教室の空気も、なにやらそれぞれが考え込んでいるのか、表立って発言をする者はいなくなってしまった。コトも、机の一点を見つめるようにして、黙って腕を組んでいる。これ以上この場では発言しないほうがいいと思ったのだろう。

ぼくは脚を投げ出して頬杖をつきながら、誰も座っていない目の前の席にぼんやり視界を合わせていた。ミヨシは今日、学校を休んだ。すこし、やり過ぎたか。ミヨシの机の引き出しに、昨日ぼくが渡したピンク色のホッチキスが入れられているのが見えて、体が熱くなっていくのを感じる。何度か脚を組み替えながら、頬杖をやめてピンと背筋を正してみる。それを見ていた柏木が、なにを勘違いしたのか、

「トラくん、どう思う」

ぼくに発言を促してきた。

ざわめきが収まり、教室中の顔という顔がぼくの方向を見る。チートスもきっと、目の前にあるぼくの背中をじっと見つめているのだろう。コトは腕を組んだまま首だけを曲げて、眉間にしわを寄せてぼくを見ていた。無垢な子供を演じておけば何も問題のない話題に対してお願いだからヘンな真似しないでよ、といった顔だ。コトの右隣に座っているガンバは両肘を机につけた状態で微動だにしない。眠っているのだろう。柏木から一番近い席に座っていながら、大した度胸だ。というより鈍感なのか。その姿がマタギに仕留められたヒグマのようで、ぼくは目を細める。

「不思議だよねえ、よく、コウノトリが運んでくるんだよ、なんて言うけど、ほんとなのかなあ。お父さんお母さんに、そういうこと、聞いたことあるかな。みんなのお父さんお母さんは、なんて答えたのかな。ほんとうは、どういう仕組みで、みんなは産まれたのかなあ、ねえ？　トラくん、ねえ？」

「ちんことまんこです」

ぼくは舌打ちのかわりに舌を上顎に強く押し付けてから口を開け、間髪入れずに言ってやる。言葉に合わせて口の中で舌がうにうに動く。コトの鼻から息が漏れる音が聞こえたような気がした。

「正しくは女性器、膣、ヴァギナと、男性器、陰茎、ペニス、二つの生殖器が結合し、ペニスから発射される精液に含まれる精子というオタマジャクシ状の生殖細胞がヴァギナの奥を進み卵子という細胞と接触、結合することにより細胞分裂が起こり胎児、つまり現在のぼくたちの原型のようなものができあがっていきます。ちなみにペニスから精液を発射させるためには恒常的かつ的確な刺激が必要とされていて、ああそうだった、女性器にもある程度の刺激が必要ですね、その刺激を自らで自らの生殖器に与える場合もあり、これを一般的にオナニー、または自慰と言います。そして主に男性と女性がお互いの生殖器を刺激し合うことを性交、エッチ、セックスと呼び、これは一般的にお互いを恋い慕っている者同士が行うものだと世間一般では認識されています」

「はい、よく知っているねえ」

男、女、ヴァギナ、ペニス、精子、卵子、生殖器。柏木はぼくの発言を聞きながら、キーワードを抜き取って黒板に書き出していた。知っている者、知らない者、知らないまでも予感や予兆めいた感情を抱えていた者、眠っている者、それぞれの反応がここで一気に分かれる。こいつはいまなにを言ったんだろうという顔できょとんとしている数名。気まずそうな数名。動揺をごまかすためか、椅子に座り直すひとり、ふたり。ガンバのちいさないびき。顔をうつむけている男子、女子。醜くニタニタ笑う男子。顔を近づけてこそこそなにごとかささやき合っている女子、女子、男子、女子。教室の空気が微妙に変化したのを遅ればせながら察知したのか、ガンバの体が大きくビクンと揺れ、それからゆっくりと上半身が持ち上がり、何事もなかったかのように柏木の板書を眺め始めた。寝起きに周囲を見渡さないあたり、さすが居眠りのプロだ。チートスは机から思いっきり身を乗り出して、なあ、つまりどういうこと、とぼくの耳元で言う。コトはもうぼくを見ていない。ガンバの肩を叩き、振り向かせてからコトは自らの口元に人差し指を当て、そのまま線を引くようにして人差し指を顎に移動させた。よだれ、たれてる。ガンバが手の甲で口元を拭う。コトはそれを見て小さくうなずき、スカートの裾を直しがてら、椅子に座り直した。

　ぼくは無性に腹が立って、もう一度舌を上顎に強く押し付けた。ダメなんだ。こういう状況が。知っていながらなにも言わない連中の醸し出すぬるい空気で気絶しそうになる。へたくそな演技。耐えきれずに出た大きな舌打ちに、なんだよ、なにキレてんだよ、と身を乗り出したままでいたチートスが体を椅子に戻した。ぼくは貧乏ゆすりを抑えながら、にらまないように目を見開いて柏木に顔を向ける。

「そうだねトラくん。男の子の体には、ペニスという生殖器がついていますねえ。ちんちん、ちんこ、という呼び方のほうが、みんなにはなじみが深いかな。そ、し、て。こっちのほうは、知らない子のほうが多いんじゃないかなあ？　女の子の体には〜、ちんちんが付いていないねえ。付いていないよね？　そのかわり、ヴァ〜ギ〜ナ、ヴァギナ、という、窪みのようなものがあります」

柏木はあくまで、まんこ、という言葉を使わない気でいるらしい。

くそばばあが……とぼくは口の中だけで言う。

詳しくは、このビデオを見てみましょうねえ。柏木はビデオテープをセットし、テレビの電源をつけた。

大人はいつからぼくらのことを侮るようになったんだろう。テレビに映る砂嵐を見つめながら、夜眠る前に頭に浮かぶいくつかの素朴な疑問のうちのひとつを思った。大人がぼくらのことを侮っていい存在だと決めたのはいつだ。何年何月何日、何時何分何秒、地球が何回周ったとき?

柏木がビデオデッキを操作して、この授業のためだけに作られました、といった感じの、いかにもな教材映像がブラウン管のテレビから流れる。学校を休んだ日の昼下がりに、観たいわけでもないけどなんとなく眺めるNHKみたいな。ざらついているけど平坦な、不思議な退屈さを帯びた女の声が、簡素な空間で男性器と女性器の模型をいじくっている人間の手の動きに合わせて、性交の説明や避妊具の解説をしていた。みんな、静かに画面を見つめている。ぼくらはもう10歳で、小学4年生で、親や先生、周囲の大人たちの平和な想定よりはるかに多くのことを、知っているし、知ってしまっているし、そしてこれからも多くのことを知ってしまうだろうという微妙な予感もちゃんと抱いている。この授業で扱われている物事についてなにも知らないような奴らも、かわりに同じくらい別のなにかを知っている。知っていること、知らないことの、なんていうか、レベルや経験値の振り分けが違うだけで、ぼくらの知識の総量はきっと同じだ。そしてきっと、大人とぼくらの知識の総量も変わらない。ドロケイの必勝陣形やドッチボール我流投球フォーム、でたらめな言葉で意思疎通をすること、ひとりひとりの言動や身なりにピタッと寄り添っているような抜群のあだ名をつける能力、優秀なペンペン草の見分けかた、泥団子をピカピカに磨き上げる手つき、百科事典で4時間遊ぶために必要な想像力とスタミナ、そういうなにもかもを大人たちは惜しげもなく捨て去って、脳みその、からっぽになった場所に別のものを、退屈なにかを、社会の教科書に載っているたくさんの歴史上の人物、例えば織田信長、フランシスコ・ザビエル、聖徳太子、大塩平八郎、その人物画みたいな焦点の合わない眼、くすんだ顔をして、詰め込んでいく。

今日はミヨシが学校にいない。

ぼくはミヨシのことを知りたかった。

テレビの画面では、アニメーションの精子が膣の奥へ奥へと進んでいる。ぼくはミヨシの奥へ奥へ、入っていくんだ。あるいは奥へ奥へ、入ってくるミヨシを受け入れていくんだ。大人はその方法を教えてくれない、ということを、ぼくはすでに知っていた。あくびをこらえすぎて左目から涙がゆっくりたれる。にじんだ視界からでもコトのひとつにくくられた後ろ髪の形くらいはわかる。ミヨシがいないから、今日はコトとふたりで帰ることになるだろう。怒られるかな。やだな。

ゴ。

いいいーん……。

眼を開けて、すぐ閉じる。

部屋の扉が半開きになっている。

ふすーん。

うすく眼を開く。廊下から光がもれて、厚ぼったい鼻息を繰り返す赤黒い頬のパパが見える。

サラミみたいに筋張ったパパの左手は、ぼくの両腕を掴んで離しそうにない。ぼくは仰向けでバンザイしているような体勢で、パパの眼、頬、唇、額、そしてもういちど眼を見る。眼を閉じる。

「眼をあけろ」

眼を開ける。

ふすーん。

ゴ。

視界が一瞬青く、ちかちかと炸裂し、ぼくは顔をしかめようとするのを必死にこらえる。アルコールのにおいを身にまとったパパは頭突きの力加減を知らない。

いいいいーん……。

「おい」

パパの声を聴くと、ぼくはいつも、歌えばいいのにな、と思う。そして国語の作文を思い出す。びっくりマークをつけなくても、びっくりマークをいくつ書いても足りないくらいどこまでも響いていくその太く伸びやかな声ならば、きっとどんな歌も威厳に満ちた祈りのように美しく切実なメロディに変わるのに。

「てめえは、なんに、なりてんだ。あ?」

ゴ。ゴ。ゴ。ゴ。

ミヨシのことを思い浮かべたり、コトのことを思い浮かべたりする。体育の授業、全身がポンプになったみたいに大きく荒い呼吸を繰り返す、汗だくのガンバを思い浮かべたりする。明日は学校に行ったらガンバの机の前まで行って、昨日観た『笑う犬の冒険』の話をもう一度しよう。ガンバはホリケンが好きだから、ホリケンの言動をオーバーに真似するだろう。ぼくは泰造が好きだ。テリーとドリーのコントをふたりでふりかえって、ふりかえるだけで面白さが繰り返されるから笑ってたのしい。ユキオとひろしのネタを再現したりもするだろう。そしてコトはそんなぼくらを横目に漢字ドリルを進めたりするんだ。家にはあのお兄ちゃんがいるから、毎朝誰よりも早く学校に来て宿題を済ませているのをぼくは知っている。チートスも誘って放課後はコンビニで『ふたりエッチ』を立ち読みしよう。ああ、でも明日も、ぼくはコトと一緒に帰るのかな。ミヨシは明日も休むんだろうか。

ゴ。

「聞いてんのかっつってんだよ」

先週の音楽の時間、最高だったな。チートスがテンション上がって音楽室のボンゴをずっと叩いていたのに柏木はなんにも言わなくて。となりのパイプ椅子に座ったミヨシが手をちょこちょこ動かしていたから、なにそれ、って聞いたら、『世界に一つだけの花』の振り付け、練習してて、って。べつにいいのに恥ずかしそうにしていたな。その日だったっけ。給食の時間に教室のスピーカーから流れてくる曲があまりにも代わり映えしないから、パパとママの部屋からマイケル・フォーチュナティのアルバムを抜き取って学校に持っていって、放送委員の人たちに渡したら特に確認もせず流してくれて、ギミアーップ、ウォーオオオー、とかクラスの何人かが給食食べながらふざけて歌ったりして、そのときの柏木の顔。よかったな。

「てめえはいいよな毎日毎日メシ食ってクソしてテレビ見てそれで終わりなんだ

からよ。てめえオヤジがくたくたで帰ってきてその態度はねえんじゃねえの」

マキシシングル、の、マキシ、ってどういう意味なんだろう。ゴ。ぼくがすこし前に貸した『コロコロカービィ』をガンバはもう全クリしているだろうか。来週の『シャーマンキング』たのしみだな。ゴ。ゴ。いいいーん……。

「てめえ将来なんになりてえんだよ。おい」

耳鳴りが起こり、視界の中でパパの顔、腕、身体が遠くなっていく。魚眼レンズみたいに、いびつにちいさく縮んでいく。パパが黙ると家全体も静かになる。教室には教室のためのスピーカーがあるみたいに、この家はパパ専用のスピーカーなんだと思う。壁、天井、ドア、柱、すべてがパパの声に合わせて振動し、増幅されてぼくの鼓膜を打つ。ママはたぶん、寝室かキッチンでうずくまっている。明日はママのどこにアザができているか、ぼくはまばたきほどの短い時間、眼を閉じて考えてみる。鎖骨かな。数日前はこめかみだった。

なにも言葉を発しないぼくに飽きたのか。頭突きを繰り返すことに疲れたのか。壁にとまっているハエを叩き殺すようにぼくの顔面を正面から平手でぶっ叩き、パパはぼくの身体から立ち上がり部屋を出ていった。ぼくはしばらく、バンザイの体勢のまま、天井を見つめ、自分が息を吸ったり吐いたりする音を聴いていた。それから枕の下に隠してある小さなマイナスドライバーを取り出して柄の部分を強く握り、布団の中で横向きになって身体を畳むように丸め、自分の腕を見つめる。眼を閉じて、服の上から自分のペニスをそっとなでる。マイナスドライバーの先端を咥える。外で強い風が吹き、窓ガラスが音をたてて揺れる。明日はきっと寒くなる。


「うそつき」

「なにが?」

「昼休み」

「ああ」ぼくは砂利をおもいっきり蹴飛ばす。「うそじゃないよ」

「うそでしょ」コトも、地面の砂利を蹴るように歩く。

高速道路の高架に沿うように進み、真間川とぶつかるところで南下して、今度は深緑色に濁った真間川に沿って、ぼくたちはもう三十分以上歩いている。コトやミヨシと一緒に学校から帰るときは、いつだって遠回りをした。遠回りというより寄り道、寄り道というよりほとんど逃避行なのかもしれなかった。車のため、大人のために架けられたいくつもの橋と、ぼくたちの歩く地面のあいだ、大人の身長ぎりぎりくらいの薄暗い道を通る。なにを獲るためなのかわからない漁船やボートが連なって停められている。柏木の髪の毛みたいな藻が水中でぬらぬらと揺れているのが薄ぼんやりと見える。砂利道には犬の糞や食べかけのカップヌードルやぼろぼろになったピンク色の手袋やコンドームが散乱している。それでもいつも、不思議と嫌な臭いはしなかった。ぼくはこの道とこの川が好きだった。たぶんコトも、そしてミヨシも。

「コト冬休みどうするの」

「どうするって?」

「なんか、するの」

「なんかって?」

「なんでもない」

ブルーシートと鉄パイプ、しめ縄、折れた踏切の棒、ベニヤ板、反射板、あべこべな材料で組まれた堅牢な小屋の前をぼくらは通り過ぎる。中から微かにラジオの音が聴こえた。

「うちにはお兄ちゃんがいるから」コトは小さくスキップするようにして、ランドセルを背負い直した。「どこにもいけない」

「男にだって生理はあるよ」ぼくは急に話題を戻した。「血は出ないけど」

「うそつき」

「うそじゃないよ」

「それは夢精」コトが身体を曲げて、ランドセルの背でぼくにぶつかってきた。

「トラだってわかってるでしょそれくらい。別にわたしが気にすることでもないけどさ、なんも知らない子にそういうこと吹き込むの、あとで自分が恥ずかしくなるだけだよ」

「うそじゃない」ぼくはよろけながら、そう言うしかなかった。

〈生理〉という言葉には、もちろん〈月経〉という意味もあるけれど、〈生物の体の働き〉という意味だってある。だったら、夢精や射精、オナニーを生理と呼んだって、間違いではないんじゃないか。

いま、それをコトに言うことはできなかった。屁理屈や言い訳にしか聞こえないことも、なんとなくわかっていた。

空はもう赤かった。どこかでカラスが鳴いている。

「トラ、大丈夫？」

「なにが？」ぼくはとぼけた。

「なにが、って……」

「大丈夫だよ」ぼくは地面の石を拾って、川に向かって思いっきり投げた。石は漁船のお腹にぶつかって、硬い音をたてて川に沈んでいった。「大丈夫」

今日、一ヶ月ぶりにミヨシが学校へ来た。

あの日。柏木が授業でセックスの話をしたちょうどその日から、ミヨシはずっと学校を休んでいた。みんな、誰も、何も言わなかった。まるで最初からそれが当たり前だったかのように日々が過ぎていった。ぼくと、コト以外は。柏木だって何も言わなかった。プリントや宿題を届ける役目を誰かに任せることもなかった。ぼくの目の前の席はずっと空いていて、机の中のホッチキスはずっとそのままだった。ぼくは自分がすこしずつ自分じゃなくなっていくような、それまでの自分が絡まりあった細い糸で出来ていて、その糸が少しづつほぐされて、バラバラに散ってしまっていくような、でもそれもなにかすこし違うような……、誰かにも、自分にもうまく伝わるようにあらわすことができない、ぼやけた気分で毎日を過ごしていた。昼休み、いつも一緒に校庭を走り回るチートスも、給食の時間、牛乳のおかわりを取り合うガンバも、ぼくのそんな状態には気づいていないみたいだった。コトがぼくを見つめる表情だけが、日に日に険しくなっていった。

「さすがホトケだよね。完全に無反応だった」

コトは、柏木のことを「ホトケの柏木」と呼んだりする。いわゆる「神様仏様」のホトケではなくて、警察官が死体のことを呼ぶ俗称としての、ホトケ。らしい。

一ヶ月ぶりに学校にやってきたミヨシは一ヶ月前となにも変わらなかった。朝の会が始まる少し前に登校し、国語の授業ではたまに句読点を無視して音読し、理科の実験ではアルコールランプの消火にまごつき、昼休みは口角をわずかに上げて手塚治虫の『三つ目がとおる』をじっと読んでいた。ぼくはそんなミヨシをなるべく見ないように一日を過ごした。

ミヨシはキュロットを履いていた。

それ以外、なにも変わらない、いつものミヨシだった。

真間川が終わり、東京湾の工業地帯にたどり着く。巨大な水門は今日は閉じていた。海沿いにそびえ建つセメント工場が夕陽に照らされて膨らむように輝いている。湾の向こう岸に建ち並ぶ工場からコンテナが運ばれていく。クレーンが動く。消えそうにない煙が立ち上っている。大きな船が小さな模型みたいにちんまりと停まっている。静かだ。重たい海水の音と、母さんがベランダやキッチンや庭に置きっぱなしにするゴミ袋の中身みたいにギチギチに人を詰め込んだＪＲ京葉線が高架を通り過ぎる音だけがはっきりと聞こえてくる。コトとぼくはしばらく立ち止まって、それらすべてを並んでぼんやり眺めていた。ここは千葉なのに、今目の前に見えているこのねばっこい海原は東京湾なんだ、というその事実に、ぼくはなんだかくらくらしてしまう。

「コトのお兄ちゃん、ぼくがぶっ殺してあげよっか」

そんなこと言うつもりはなかったから、ぼくはぼく自身に驚いていた。

「いいね」コトは笑わなかった。「どうやって?」

「ゆっくり殺そう」ぼくはコトを見ずに言った。「まず、まっすぐに伸ばして針金にしたクリップで、両眼を刺して、ぐちゅぐちゅかき混ぜるんだ。で、眼をどろどろにしたら、排水口のぬめり取りで、歯を少しづつ溶かそう。溶けるかな?」

「あはは。サイコー」

「爪切りで少しづつ、両手両足の肉と骨を削いで、歯無しになった口の中に詰めていこう」

「あはは」

「髪の毛はペンチで豪快にむしり取ろう。耳にはギターを繋げたイヤホンをつけて、爆音でかき鳴らして鼓膜を壊そう。ヘソにはうんと尖らせたバトエン突き刺して、股間は……、」

「……股間は?」

「睾丸と、ペニスは……」ぼくはわざとらしく間を置いて言った。「一番みじめで一番いたくて一番ねちっこくて一番、一番ぜんぶぜんぶ後悔させるような方法で、こっぱみじんにする」

「こっぱみじん」

初めて知った言葉を口の中で転がすように、コトが繰り返す。

「そう、こっぱみじん」

「すごいね」

「すごいよ。こっぱだよ」

「ありがとう」

コトは微笑んだ。声が少し揺れていて、でもぼくはなにも言わなかった。来た道を引き返し、ぼくとコトはそれぞれの家に向かって同じ道を歩く。

ぼくの住んでいる一軒家とコトの住んでいるマンションは道を挟んで隣り合っていて、いつもみたいに、家とマンションの中間、道のど真ん中で、ぼくとコトはハイタッチを交わして別れる。すっかり、夜になっていた。夜に玄関をまたいでも叱られないような家に、ぼくとコトは住んでいる。コトが明日学校にやって来るまで、どうか。と、ぼくはたまにコトの平穏を祈ったりする。

ぼくはリビングのテーブルで、晩ごはんを食べようとしている。

晩ごはんはミヨシだった。

ミヨシはこんにゃくで、こんにゃくという食べ物がミヨシだった。

「いただきます」とぼくの声が聞こえた。

いつもインスタントの味噌汁をいれるお椀のなかに、透明な液体と輪切りにされたミヨシが浮かんでいて、ぼくはサトウのごはんをひとくち食べてから、そのお椀を手に取った。

「寅彦」

ミヨシがぼくを呼んだ。

ぼくはミヨシのひとつを箸でつまむ。

ミヨシがぼくを見ている。輪切りにされたミヨシに顔なんてないけれど、黒いぶつぶつの連なりが顔の代わりなのだということがぼくにはわかる。ミヨシの表情も、ミヨシがぼくに呼びかける声も、ぼくにしかわからない、聞こえない。ぼくとミヨシだけの、言葉じゃない言葉だ。

ママはテーブル越しに対面する形で、ぼくの方を向いて立っている。片手にセラミックの白い包丁を持って、眼を見開いている。眼が充血している。

「てめえ何様のつもりだよ」

ママの声はパパで、ぼくはママの顔を見つめながら、ミヨシを口に入れる。つよい磁石のS極とN極みたいに、ママの顔から目をそらすことができない。

「いっつもいっつもいっつもいっつもいっつもいっつもい」

そういう動きしかできないぜんまい仕掛けのおもちゃみたいに、ママは手に持った包丁を上下に振り続けている。

「っつもいっつもいっつも、いつもいつもいつもてめてめえはてめえはてめえ」

ぼくはミヨシを咀嚼して、飲み込もうとする。でも噛めば噛むほど、口の中でミヨシはどんどん膨らんで、ぼくはとうとう口の中からミヨシをこぼしてしまう。口からこぼれたミヨシはもうミヨシじゃなくてただのこんにゃくで、床の上でぷるりと揺れている。

さっきからぼくの頭上で浮かんでいたポリバケツが、UFOみたいに光を発して床に落ちたミヨシだったこんにゃくを照らす。ミヨシだったこんにゃくは浮かび上がって、ポリバケツの中に吸い込まれていく。

「ミヨシ」

充血したママの両眼が取れて床に落ちる。ぼくは視線を動かせるようになる。立ち上がってポリバケツに手を伸ばす。でもぼくは体温計だった。水銀が温まらないと手が伸ばせない。手というのは、赤いゲージのことだった。

そこで目が覚めた。

ぼくはマイナスドライバーを枕の下にしまって、起き上がる。

「ミヨシ」

次の日も、次の週も、ミヨシはキュロットを履いて、ぼくの目の前の席に座って、いつものミヨシみたいに振る舞っていた。仕草や一人称にも変化はなかった。周りの人間も、キュロットを履いたミヨシをいつものミヨシみたいに扱った。みんなミヨシに適度に無関心だった。ぼくはおかしくなっているのかもしれなかった。ミヨシのことを視界に入れまいとすればするほど、ぼくの中はミヨシでいっ

ぱいになっていった。

　ミヨシがキュロットを履くようになって以来、ぼくはまだミヨシとほとんど言葉を交わしていなかった。プリントが回されるときに、一瞬目が合うくらい。ぼくがミヨシに話しかけなくなってからは、コトとミヨシがふたりで帰ったり、ぼくとコトがふたりで帰ったり、3人ばらばらに帰ったりしていた。そうするとコトとの関係性もすこしずつ変わってきて、冬休みが明けてから数週間経つころにはコトと帰ることもほとんどなくなった。放課後は校庭の朝礼台付近でたむろしているチートスたちのもとへ行くか、ひとりで逃げるように校門を出た。

あとすこしこの日々を過ごせば、ぼくたちは小学5年生になる。2度目の、そして最後のクラス替えだ。ぼくの通っている小学校は各学年3クラスだから、ぼくもコトもミヨシも、ばらばらのクラスに振り分けられるのかもしれないし、そうはならないかもしれない。

作文用紙が配られる。２枚ずつ取って、後ろに回してくださいねえ、という柏木の言葉にみんなが素直に従う。２枚取って後ろ。２枚取って後ろ。ミヨシの身体がゆるやかにねじれ、ぼくに残りの用紙を渡してくる。うすい、でもどこか強い、わら半紙とは違う、おめかししているみたいな紙。

「この教室にみんながこうして集まるのも、今月で最後ですね」白チョークで黒板をひっかきながら柏木は話し続ける。「今日は、せっかくなので、みんなに夢っ。ゆーめーを、書いて、発表してもらおうかなあと、思います」

「しょう来のゆめ」と書かれた黒板を見て、ぼくのお腹はこぽりと音をたてた。

「どんな夢でもいいですからねえ。こんなお仕事してたいな。こういうところで暮らしたいな。あんなことしたいな。こんな人になりたいな」

ぐぽ、と胸から喉にかけてかすかに音が鳴る。

「なりたい自分、みたいなことでも、なんでもいいですよ。書けたら、先生のところへ。ききたいことあったら言ってくださいねえ。発表はもしかしたら次回かな」

があーるるる、くう……というちいさな音がお腹から鳴り続けている。ぼくは目立たないようにゆっくりと背中を曲げ、作文用紙のマス目のひとつを一心に見つめる。

「焼肉めっちゃ食いてーとかでもいいんですかあ～」チートスが投げやりに言う。

「千歳くんの夢がそうだとしたら、そう書いたっていいのかもねえ」抑揚のないさらさらとした柏木の声が聞こえる。

「うちで食べればいいよ」眠そうなガンバの声。

「おれが大人になるころには、おまえんちの父ちゃん、もうじいちゃんじゃん」

一瞬の沈黙ののち、「したら、オレが店、やってるかも」ゆっくりとガンバが答える。

ぼくは慎重に呼吸をする。吸って、吐く。お腹がうるさい。

なにかを察知したのか、ミヨシが椅子の上でもぞもぞと身体を動かしはじめたのが視界の端で見えた。ぼくは強く眼を閉じる。

「お父さん、お母さんになる。なんて夢も、立派な夢のひとつですからね」あらかじめ決められていたセリフを唱えるように柏木が言う。

「眼をあけろ」

頭の中で響いているだけの声にぼくは素直に従って眼を開ける。

「おまえはなにになりてえんだよ」

ぐぷ。

「トラ、大丈夫？」

コトの声が聴こえた気がして、ぼくは顔を上げる。身体をひねってぼくを心配そうに見つめているミヨシと目が合う。ごえええええつ。ぼくの口から大きなげつぷが出て、泡だったよだれが溢れ出てくる。教室がさっと静まり、みんなが一斉にぼくを見る。眼を見開いたコトの顔も、ガンバの顔もある。まずい、これはとてもまずい。それしか考えられなくなったぼくはなにを思ったのか立ち上がろうとする。うつむきながら身体をもちあげる最中に、ただただ驚いている様子のチートスが視界の端にうつる。さっきからずっと頭が鈍く痛かったんだ、ということにいまになって気がつく。内蔵がひんやりとあつい。そうしたくはないのに、自然と眉間にしわが寄って、きっといまぼくはあちこちをにらんでいるような表情になっている。コトがガンバのほうを向いてなにかを言っているのが見える。ガンバが立ち上がる。机の間を縫うようにゆっくりと近づいて、ぼくの腕と腰を支える。柏木の口が動いている。教室の数人が柏木のほうへ向き直る。ガンバがぼくを動かし、ぼくはガンバと同じ速度で動く。ミヨシが見ている。チートスの声が聴こえる気がする。小さなげっぷがぼくの口から断続的に出ている。ガンバによってぼくは廊下へ出る。ちゅみちゅみちゅみちゅみ、とお腹の底からなにかがのぼってくる。胸まで上がり、喉まで上がり、口からそれが出てくる。苦くて甘くてすっぱいそれが廊下に飛び散って模様をつくる。よく我慢した、とガンバの声が聴こえる。ガンバはぼくの背中をさすっている。柏木が教室から出てきて、ガンバになにかを言い、ぼくはまた動き出す。ガンバに支えられて廊下をゆっくり進んでいく。

保健室のベッドで、ぼくは仰向けになっている。いまは昼休みで、ベッド脇の丸椅子にガンバが座っている。いつもみたいに校庭に行けばいいのに、なんとなく、といった雰囲気で様子を見に来るのがガンバらしい。そういえばガンバは保健委員だったなと、ぼくは天井を見つめながらぼーっと考えている。

「あいつさあ……」

窓越しに校庭を見つめているらしいガンバが、ひとりごとのように言った。

「そういうこと、だったんだなあ」

しばらく、だれのなんのことを言っているのかわからなかったが、ミヨシのことを言っているのだ、ということがガンバの微妙なしぐさや声色でわかった。

「でも、なんか、そういう感じ、だったのかもなあ、これまでも。うん」

ガンバはうつむいて、親指と人差し指の爪同士をひっかけ合うようにしてぴちぴちと音を鳴らしている。一生懸命なにかを考えているときのガンバの癖だ。

「いとこがさあ、そういう感じ、なんだよなあ。オレが保育園のころ、とか、まだ、違う感じだったんだけど、いまはもう、なんか、そうでもない感じでさ。うん。……あいつかわいいじゃんか。オレぐらいマイペースだけどさあ。あいつチン毛とか生えてんのかな。チン毛……」

ぴちぴち。ぴちぴち。……。

「いまのはちがう。なんでもない……。どうなるかわかんないけどさあ。オレ、ああそういうことかあ、って感じなんだよなあ」

これまでにも、そういうことはあったはずだった。けれど、ガンバがぼくに対して、というよりだれに対してであっても、他人のことを自分なりに真剣に、そしてしずかに話すのがこのときはなんだか意外で、ガンバの顔をまじまじと見つめてしまう。うれしさからなのか、おどろきからなのか、ぼくは勃起していた。胸がすずしい。自分の身体の血の流れがはっきりとわかった。

「なんだよお」

「や……うん。うん。なんでもない」

ぼくはベッドから右腕を出して、ガンバのほうへ掲げる。

「ハイタッチしよう」

「なんで」

「なんとなく」

ガンバの右手とぼくの右手がやさしく激突する。

ガンバが行ってしまったあとの保健室で、ぼくは思い出している。ブルーシートと鉄パイプ、しめ縄、折れた踏切の棒、ベニヤ板、反射板、でたらめな材料で組まれた堅牢な小屋の前。まだ梅雨にもなっていないころ、コトがめずらしく先に帰って、ぼくとミヨシのふたりで帰った日、あそこで見かけた薄汚れた雑誌。ミヨシと、放課後、教室の隅で、どちらからともなく寄り添って、あの雑誌に描かれていた行為を自分たちなりに改変してやってみるようになった、そのころから、ぼくはもうこの先のことがなんとなくわかりかけていた。言葉として、映像として、具体的にわかっているわけではなかったけれど、こんなことが、このまま、この状態のまま、変わらずに続くはずがないことくらいはわかっていた。ミヨシの頬を叩くとき、ミヨシの肩をつねるとき、ミヨシの頭をなでるとき、ミヨシを言葉だけで追い詰めるとき、ミヨシの膝が夕陽に照らされてあたたかくなっているのに触れたとき、ミヨシの眼に映るぼくや教室の天井を見たとき、ミヨシが「ぼくは」と言うとき、ミヨシがぼくの名前を呼ぶとき、ミヨシの身体のその中の、だれにも見えないところでぐちゃぐちゃのかたまりになっているミヨシそのものにぼくは目を背けてミヨシの眼を見つめ続けてきた。学校では教えてくれないこと。パパは、ママは、柏木は、大人は教えてくれないこと。だれも教えてくれないこと。ほんとうは教えてほしいこと。その、「教えてほしいこと」の種類が、ぼくとミヨシでは決定的に違っているのだ。「教えてほしいこと」の種類も「知ってほしいこと」の種類も「信じてほしいこと」の種類もなにもかも。一緒だと思っていたのは、思いたかったのは、ぼくだけだろうか。ぼくはミヨシのペニスを舐めたかった。誰よりもやさしく乱暴に触りたかった。でもそれを望んでいるのはぼくだけなのかもしれない。ミヨシはミヨシ自身のペニスなんて認識されたくもないのかもしれない。そのことを考えるだけでぼくは頭がはちきれそうになった。頭がはちきれそうになるくらいわかりきっていたから、ぼくはミヨシと、ぼくらの間だけで通じるセックスを続けていたのかもしれない。ぼくはミヨシのペニスを見たことがない。そんなことはどうだっていいし、どうだってよくない。とにかく、ぼくはミヨシにいますぐ触れたかった。いま。いますぐに。

体育館では、すでにチートスたちがバスケットボールの山盛り入ったカゴを倉庫からひっぱり出しているところだった。せっかちなやつらがカゴの中のボールを手にとって、好き勝手に投げ合っている。

ぼくは早足で、隅の方で壁に寄りかかってぼんやりしているミヨシの元へ向かう。

「ミヨシ」

ミヨシはぼんやりしたまま顔だけ強張らせる、という器用な状態でぼくを見つめた。

「髪」ぼくの声はかすれていた。

「かみ?」

「どうして」ぼくは右手をミヨシの肩くらいまで上げて、また下げた。

ミヨシは黙っていた。

「伸ばせばいいのに」言った途端、鼻の奥でなにかがはじける。ぼくは涙を流していた。

いまこの瞬間、この場にいる全員、消えていなくなってしまえばいいとぼくは思った。ぼくとミヨシ以外全員、バスケットボールとゴールネットだけを見ていてほしかった。

ミヨシは口を半開きにしたまま固まっていた。息も止めているように見えた。かわいそうな表情をしていた。

「どうして」

「トラ。寅彦」

ミヨシはぼくの手の甲に触れてから、ぼくの頬の涙を拭った。

「寅彦。今日、一緒に帰ろう」

バスケットボールが床を跳ねる音の隙間から、チートスの笑い声が聴こえる。

ガンバが体育館にやってきて、おい、トラ！　もう大丈夫なのか！　とぼくを呼ぶ。ぼくの息もミヨシの息もかすかに白い。ぼくはミヨシにうなずいてから、なんでもなかったように背を向けて走り、カゴの中のボールを取って、ガンバに向かって高めに投げる。

光景／後景（3）

「ねえ」

「ん？」

「電気」

「ああ、うん」

「暗いね」

「暗いね」

「寒くない？」

「寒くない」

「暑い」

「すこし」


「……」

「……」

「ここ」

「ん？」

「こんな形だったっけ」

「そうだよ」

「そうだったんだ」

「なに」

「ふふ」

「なによ」

「こんな形だったんだ」

「しらなかったの」

「しらなかったよ」

「しらなかった」

「しらなかったでしょ」

「ふふ」

「なに」

「ううん」

「……」

「……」

「ねえ」

「ん」

「電気」


「ああ、うん」

「いこっか」

「いこうか」

「寒くない?」

「うん、寒くない」

卵焼き

送り主不明の招待状を手に高校の同窓会に出席した稲盛総一朗は、そこでふたりの旧友と再会した。

ひとりは戸崎業雅。銘々が銘々の緊張と慇懃さ、惰性と見栄、弛緩と虚勢を隠したり敢えてひけらかしたりする宴会場のなかで、業雅はただひとり、惰性だけを携えて酒席に臨んでいるような雰囲気を纏っていた。身なりがだらしないわけでも、所作が粗忽なわけでもない。グラスとグラス、箸と箸、皿と皿、その隙間を所狭しと駆け巡る雑駁な回顧と、その回顧を薄く研ぎ澄ませて新規の関係性を切り開こうと目論む実利的な気配を、業雅はものともせず、ただそこにいた。

もうひとりは佐古田揆一朗。顔も名前もおぼろげな同級生の身に覚えのない思い出話に数拍遅れて相槌を打とうとしたり、戸惑いを隠しきれずにこめかみを揉んだりする総一朗とは対照的に、揆一朗はいくつかの人の輪を周遊するように行ったり来たりし、穏やかで的確な言葉や表情をその場その場で周囲に投げた。笑いが起これば一緒になって笑い、生真面目な話題には静かに相手の目や喉仏のあたりを見つめて時折グラスを呷ったりし、それでいて、注視していないと気づかない瞬間瞬間で、凪いだ海のような顔で虚空を見つめているのを、総一朗は見逃さなかった。

「久しぶりだなあ」

「またてきとうを」

「自己紹介しよう」

会がお開きになり、幹事による統率力のない号令で、集団が帰路と二次会に緩やかに分岐していくなか、三人はどちらでもなく、どちらでもあるような方角と歩幅で動き出し、やがて雲間から飛び出た飛行機のように三人だけが同じ路地にいた。揆一朗はからりと笑い、総一朗は路地の先にある赤提灯を指差し、業雅はそこに向かって歩を進めた。そうして入ったちいさな酒場の奥まった座敷に座って、三人は一軒目の一杯目であるかのような口ぶりで生ビールと卵焼きを頼んだ。

「久しぶりだなあ」と業雅。「またてきとうを」と揆一朗。「自己紹介しよう」と総一朗。三人はそれぞれ自己紹介をした。いままでのこと。そしていまのこと。高校生当時、同じクラスにいたというだけでまるで接点のない三人だった。揆一朗はバレー部の活動に随分とうちこんでいて、クラスにいても同じバレー部の仲間内でつるむことがほとんどだったし、業雅と総一朗は帰宅部だったが、業雅は他校の男子とバンドを組んでライブハウスに出入りしたり、そこで出会った大人たちとだらだら遊んだりしていることが多かった。総一朗は思い出せない。高校に通っていたころ、帰宅部だったころ。学校で、家で、それ以外のあらゆる場所で、自分がどう、そこにいたのかが、総一朗の記憶からはすっぽりと抜け落ちていたのだった。そういったあれこれを打ち明けた流れで、総一朗はふたりに、中学生の時分、兄と母が突然いなくなったこと、兄と母が神と名付けたウーパールーパーだけを残して、いや、自分と、父親とを残して、どこかへ行ってしまったことを淡々と話した。人に話すのも、話そうと思ったのもはじめてのことで、総一朗は、はじめて話したということよりむしろ、いままで誰にも話さなかったことに驚いていた。揆一朗も業雅も、酒場全体に流れる弛緩した空気は乱さず、それでいて真剣に、しかし次の瞬間にはどうでもいい冗談がお互いの口から繰り出されそうな親密な態度で総一朗の話を聞いた。そして揆一朗は、恋人が外国でテロに巻き込まれて帰らぬ人となったこと。業雅は、この人とならずっと一緒に、と思っていたパートナーに別れを告げられたこと。それぞれの喪失について、総一朗に打ち明けた。三人は、互いに固有の喪失の物語を語るなかで、理由や経緯は違えど、同じくらいの強固さで大切に思っているぬいぐるみを、三人それぞれが部屋に置いていることを知る。業雅は、高校二年生の冬にライブハウスで出会ったフィギュア造型師の男からプレゼントされた、サモトラケのニケ二分の一スケールのぬいぐるみ「ニケ」を。揆一朗は、恋人である統子の持ち物であった小さなクマのぬいぐるみ「攻撃」を。総一朗は、都内の実家から北海道夕張市に移り住むときに、兄の部屋から回収したバットばつ丸のぬいぐるみを。三人とも、そのぬいぐるみを自室のベッドに置いていることを、点検するように話しながら、笑うでもなく、恥ずかしがるでもなく、涙ぐむでもなく、ただ確認しあって、ジョッキから幾度もビールはなくなり、卵焼きは均等に胃袋に収まり、すべての終電は過ぎ、あらゆる酒場の暖簾はおろされて、稲盛総一朗、戸崎業雅、佐古田揆一朗、ひとつの時間を共有した三人が、固有の時間に引き剥がされ、引き戻され、ニケ、攻撃、ばつ丸、銘々のぬいぐるみを見つめて、目を瞑り、やがて三様の朝を迎える。

陶陶酒

【われもん食堂】のバキさんちに一色さんと俺がいる、その光景が、その事実が、ただただもう現実味がなくて、有り体に言うと夢のようで、ずっと話していたいのに、自分が話せることなんてなにもないような気もしてきて、動かない口、出てこない言葉の代わりのようにきびきびと俺の四肢は動いて、バキさんちのキッチンで、【われもん食堂】で毎日のように見る、この、どれだけ収入や貯金が増えても手放そうとしない、手狭な1Kの、かっこいいキッチンで、俺は酒のアテを作り続けた。一色さんが友達の漁師から送ってもらったというぷくぷく太った鯵を三枚におろして、刻んで、ボウルに入れて冷蔵庫で一旦冷やしておく。鯵を冷やしている間にだし巻きを作って、卵焼き器を洗って銀杏とブロッコリーとマッシュルームとホタテのアヒージョを作り、家で仕込んでおいた蒸し鶏を取り出して棒々鶏を作った。それらを部屋の傷だらけのちゃぶ台に持っていってから冷蔵庫の鯵を取り出し、あらかじめ家で作っておいたなめろう味噌と合わせて叩いていく。デタラメすぎるわ、とバキさんは笑い、笑ってくれた、と俺もホッとして笑い、一色さんはうまいうまいはやいはやいと喜び、俺も喜び、満ち満ちた心地で動き続けた。なにはともあれ自分のペースで、続けていてよかった。チャンネル登録者数もいいねの数も、再生回数も遠く及ばないバキさんと一色さんが、同じ料理系YouTuberとして俺のことを気にかけてくれる、見ていてくれる、見つけてくれる。俺が作った料理を食べてまったりしているふたりの様子がバキさんのパソコンからライブ配信されていて、一色さんは一色さんでインスタライブをしていて、俺は俺でバキさんのキッチンに自分のiPhoneを置いてツイキャスで配信している。昆布締めにしていたアオダイを器に盛って持っていくと、ふたりは最近よく観ているYouTubeチャンネルの話をしていて、バキさんが【総勢一人の百鬼夜行】を挙げていた。「矛盾歯磨きルーティン」シリーズの、プリンで歯磨きをした動画が30万再生を突破して、今朝投稿されたチョークでの歯磨き動画は急上昇に挙がっていた。総勢さんね。俺が総勢さんの動画に対してなんとなく乗り切れないのは、食べ物やモノをシンプルに粗末にする総勢さんの態度ではなく、というよりむしろ総勢さんの矛盾歯磨きなる行為への向き合い方と動画編集の荒々しさや潔さは粗末さを超えた独特の気迫と矜持を感じる類のもので、普段の生活における倫理観のものさしで粗末か否かを判断することそれ自体が総勢さんひいては矛盾歯磨きなる行為を粗末に扱っているということにもなりかねなくて、だから、つまり、俺はなにを言いたかったのか、自分でもわからなくなってきたが総勢さんは俺の幼馴染なのだった。

きゅうりの梅和えとわかめとタコの酢味噌和えを作って部屋に持っていって、順序よ、とふたりがきゃっきゃして、俺はまたキッチンに戻って冷蔵庫からエビスを1缶取ってふたりのそばに座って、プルタブを開けて乾杯した。俺のアテってことっすこれは。いや俺たちにもくれよ。ぜんぶ一緒に食べよう食べよう。いいんですいいんですほんとうに。あ、和え物はおふたり食べてもらっていいですけど、ほんと俺はこれだけで充分っていうか。俺はもうここにいるだけでおなかいっぱいなんです。

総勢さん。ここにいるふたりも視聴者のみんなも本名知らないだろうし本人が総勢さんって名乗っているのなら俺もそう呼ぶことにするが総勢さん、総勢さんと俺は同じ幼稚園に通っていた。と言っても同じ組になったことはなかったし、そのころはお互いを認識していなくて、ちゃんと話すようになったのは小5のころ。きっかけは、なんだったかな。近所の駄菓子屋でばったり会ってそれから、とか、お昼休みに校庭のタイヤ飛びで遊んでいたら衝突しそうになってそれから、とか、なんかそんなんだったはずだ。なんとなく話すようになってなんとなくお互いを知るようになって、知ったり話したり会ったり遊んだり、苛ついたり楽しんだり無視したり自慢したり逃げたり奪い合ったりふざけたり、感情も行動もごちゃまぜになってどうでもいいけどどうでもよくない関係が構築されていくのが小学生のあのころだった。父親の仕事の都合で俺は小学校卒業と同時に県内の別の学区へと引っ越してしまったから、そこで一旦関係は途切れて、連絡を取り合うこともなかった。そもそも連絡先を交換していなかったような気がする。級友のひとりではあったけれどわざわざ連絡先を交換するほど親密でもなかったし、たとえ連絡先を交換していたとしても俺も総勢さんも筆まめな性格ではなかったから、きっと手紙の一枚も送らなかっただろうし、引越し先まで総勢さんがわざわざ会いに来る、なんてことも起こらなかっただろう。

高校に入学してから総勢さんと俺は再会した。俺たちはふたりとも第一志望の高校に落ち、同じ滑り止めに受かってそこにいた。それからまたぐだぐだわちゃわちゃ絡むようになって、高校を出てからはまた疎遠になっていった。いまでもたまに会う高校時代の友人から聞いた噂では、総勢さんは大学を中退して町工場で働きはじめて、次第に学生時代の誰とも連絡を取らなくなったとか、なんとか。

数年前にその話を聞いて、久しぶりに総勢さんに電話をかけてみたりメールを送ってみたりもしたけれど、高校のころの携帯を解約してしまっているのか、電話はどこにも繋がらず、メールはどこにも届かなかった。だからYouTubeで総勢さんのチャンネルがサジェストされて、総勢さんの色白な肌が画面に映り、総勢さんのなつかしい声がパソコンのスピーカーから流れたとき、俺は記憶の中の総勢さんと目の前の動画に映る総勢さんの一致具合と、生活の中で頭の片隅の奥底に存在し続けた総勢さんの残り香、噂レベルでの情報との不一致具合に、安堵と可笑しみと一抹の不穏さを感じて鳥肌が立った。そしてその総勢さんの話をいま、バキさんと一色さんがしているのを、横で聞いているこの状況にもまた鳥肌を立てていて、俺はにやにや、にこにこ、へらへらしながら、よく冷えたヱビスをぐつぴぐつぴ飲んでいる。

　バキさんがiPhoneで総勢さんのチャンネルを開く。1時間前に新作があげられていて今回はブルーチーズで歯を磨いたあと陶陶酒でうがいをする動画だった。

俺がはじめてお酒を飲んだのは高校3年の秋ごろで、それは総勢さんとめずらしくふたりで遊んでいた日のことで、遊んでいたといっても上野のハードロックカフェで塔のようなハンバーガーとコーラを挟んでだらだら喋ったりアメ横を冷やかしたりしていただけなのだけど、俺たちは上野駅前のファミリーマートでデルカップという小さなガラス容器に入った酒を買って、というか総勢さんだけが買って、俺と総勢さんはそのお猪口一杯分ほどの酒をちびちび回し飲みしながら、口からあつい息を放出させながら、アメ横をふらふら歩いた。デルカップ、つまり陶陶酒は滋養強壮を高める薬用酒で、もちろん当時はそんなこと知らなくて、総勢さんは知っていただろうか。俺と総勢さんは仕草と感情の抑制がどんどん効かなくなっていくのを感じながら、と同時に感じられなくなりながら、敵も味方もいないような、孤独に無敵に独りよがりな気持ちで、ずんずん歩き続けたはずだ。いい天気だったと思う。いい天気だったと思うし、この一連のできごとの呑気さが記憶をいい天気にしているのかもしれない。そのとき交わした会話、お互いの表情の細部、そんなものはもう思い出せないし、思い出さなくてもいいのかもしれないけれど、バキさんが配信視聴者に向かって締めの挨拶をしようとしていて、一色さんが棒々鶏をほとんどひとりでたいらげているのを眺めながら、俺はいつか、総勢さんともこうしてまた会うことを、願っているのかもしれない、酔っ払っているのかもしれない。

0070

梶沙耶の愉快な一年（5）

北陸のインストバンドや四月馬鹿

追いかける

暗闇、追いかける。暗闇、追いかける。球体、追いかける。肢芽、追いかける。原基、追いかける。細胞、追いかける。虹彩、追いかける。延髄、追いかける。アクソン、追いかける。蝸牛、追いかける。シナプス、追いかける。紐、追いかける。光、追いかける。指、追いかける。空気、追いかける。風、追いかける。震え、追いかける。意味、追いかける。乳首、追いかける。水滴、追いかける。音、追いかける。声、追いかける。まんま、追いかける。ぶーぶ、追いかける。わんわん、追いかける。ぱっぱ、追いかける。じいじ、追いかける。ばあば、追いかける。あんよ、追いかける。あんまんまん、追いかける。アヒル、追いかける。えほん、追いかける。ぶろっく、追いかける。ぼーる、追いかける。まつぼっくり、追いかける。バス、追いかける。にここーつ、追いかける。ひかるちゃん、追いかける。みつひこくん、追いかける。どろ、追いかける。ブランコ、追いかける。すべりだい、追いかける。アンパンマン、追いかける。ひらがな、追いかける。カタカナ、追いかける。なまえ、追いかける。じてんしゃ、追いかける。山、追いかける。漢字、追いかける。タイヤ飛び、追いかける。足し算、追いかける。リコーダー、追いかける。逆上がり、追いかける。箱ブランコ、追いかける。ドラえもん、追いかける。おたまじゃくし、追いかける。スターフォックス、追いかける。竹定規、追いかける。バトルえんぴつ、追いかける。ゴムボール、追いかける。彫刻刀、追いかける。ハリーポッター、追いかける。サッカーボール、追いかける。おかあさん、追いかける。おとうさん、追いかける。俊足、追いかける。セミ、追いかける。遊戯王、追いかける。ヤゴ、追いかける。金魚すくい、追いかける。美玲ちゃん、追いかける。狛村くん、追いかける。弘大くん、追いかける。神田くん、追いかける。柳の木、追いかける。校歌、追いかける。紙やすり、追いかける。給食当番、追いかける。ポートボール、追いかける。アート引越センター、追いかける。友達、追いかける。新しい家、追いかける。転校生、追いかける。方程式、追いかける。青い鳥文庫、追いかける。サッカーボール、追いかける。サッカーボール、追いかける。サッカーボール、追いかける。木下さん、追いかける。木下さんの恋人、追いかける。結城、追いかける。隆史、追いかける。権藤先生、追いかける。放課後、追いかける。合唱コンクール、追いかける。クリムゾンの同人誌、追いかける。週刊少年ジャンプ、追いかける。雪、追いかける。木下さん、追いかける。桜、追いかける。恋人繋ぎ、追いかける。登校日、追いかける。髭剃り、追いかける。白米、追いかける。白米、追いかける。白米、追いかける。中間テスト、追いかける。RADWIMPS、追いかける。東京事変、追いかける。矢田さん、追いかける。サッカーボール、追いかける。サッカーボール、追いかける。接骨院、追いかける。定期券、追いかける。Lチキ、追いかける。豪雨、追いかける。堂本、追いかける。天野、追いかける。矢田さん、追いかける。センター試験、追いかける。バイト、追いかける。ELLEGARDEN、追いかける。SAKEROCK、追いかける。七尾旅人、追いかける。一人暮らし、追いかける。シラバス、追いかける。サークル、追いかける。単位、追いかける。バイト、追いかける。サークル、追いかける。バイト、追いかける。海、追いかける。デイキャンプ、追いかける。サークル、追いかける。一気飲み、追いかける。殴り合い、追いかける。バイト、追いかける。雪、追いかける。岡村靖幸、追いかける。卒論、追いかける。現代舞踊、追いかける。リクルート、追いかける。エントリーシート、追いかける。杓子定規、追いかける。月給、追いかける。土下座、追いかける。後輩、追いかける。先輩、追いかける。帰省、追いかける。母さん、追いかける。父さん、追いかける。佳代子さん、追いかける。佳代子さん、追いかける。佳代子さん、追いかける。佳代子さんのおとうさん、追いかける。月給、追いかける。肩書き、追いかける。公団住宅、追いかける。どんぐり、追いかける。まつぼっくり、追いかける。娘、追いかける。おむつ、追いかける。月給、追いかける。ジャンボジェット機、追いかける。ボーナス、追いかける。娘、追いかける。ブランコ、追いかける。すべりだい、追いかける。いじめっ子、追いかける。いじめっ子の親、追いかける。ＰＴＡ、追いかける。成績表、追いかける。葬式、追いかける。母さん、追いかける。葬式、追いかける。父さん、追いかける。成人式、追いかける。娘の恋人、追いかける。娘の伴侶、追いかける。退職金、追いかける。どんぐり、追いかける。まつぼっくり、追いかける。孫、追いかける。手すり、追いかける。ぶーぶ、追いかける。わんわん、追いかける。ぱっぱ、追いかける。じいじ、追いかける。ばあば、追いかける。あんよ、追いかける。あんまんまん、追いかける。アヒル、追いかける。えほん、追いかける。ぶろっく、追いかける。ぼーる、追いかける。まつぼっくり、追いかける。バス、追いかける。杖、追いかける。腹巻き、追いかける。カラオケ、追いかける。葬式、追いかける。佳代子さん、追いかける。暗闇、追いかける。暗闇、追いかける。火葬場、追いかける。球体、追いかける。肢芽、追いかける。原基、追いかける。細胞、追いかける。虹彩、追いかける。延髄、追いかける。アクソン、追いかける。蝸牛、追いかける。

ける。シナプス、追いかける。紐、追いかける。震え、追いかける。光、追いかける。指、追いかける。空気、追いかける。風、追いかける。音、追いかける。意味、追いかける。佳代子さん、追いかける。佳代子さん、追いかける。父さん、追いかける。母さん、追いかける。みつひこくん、追いかける。矢田さん、追いかける。光、追いかける。呼吸、追いかける。暗闇、追いかける。

窃盗録（8）

場所：出町柳の駅前。

モノ：自転車のサドル。

中身：サドル。

行動：リュックに詰めてから自分の自転車に跨り、立ち去った。

感情：これで10本目。今日の夕飯は生姜焼きにしよう。

わざマシン

「なんあ〜、なんか、さあ、は、……あっはあ〜。いやごめんなさいね。すーごい、なんか、眠くて。はい、はいっ、ごめんなさいえ〜、戸崎業雅です。え?あ〜……いくつに見えます?ふ、っふふ。いやいや、面倒くさいですよね。面倒くさがってくんないかなって、ふあ、ふぉもってひったんれふぁあ〜〜。ごめんなさいあくび、はふ、とまんない。あ〜〜。はい。はあ、眠いですね。はい、はい。そうですね。とざき、ってよく間違われますね。とさきですね。ん?あ、そう、かそうですねえ。うーんはい。くあ。ごめんなさい。……くあ〜〜〜っふ。はい。

いや昨日は、うーん10時、かな夜の。へへへめっちゃ寝てるめっちゃへへ寝てますねへへへ。寝すぎたのかな。うん、で、うんそうそう、です揆一朗。揆一朗も名字がさこたでしょう。さこだじゃなしに。きっと揆一朗もね、んね、そうですよね。い、ああ言ったんすね。いや、そうだよなあそう、うん、俺ん場合は名前も、あでも揆一朗も読みづらいっちゃそうですね。俺ひどい、俺の名前とか、ひどいですねえっと、ごうが、とか、ぎょうが、とか。わざつね、とか、わざなり、は惜しくて、ね、惜しいですよね、わざまさ、なんですけどね。一発で読んでくれるとそれだけでちょっといいな、あいい、いいな、ってなりますな、なりますね、この人いいな、はい。あそうだ。30は超えてます。え?ああ年齢。はい。いやさっきあくびで終わっちゃったから。って言いつつはっきりとは言わないですけどね。はあ〜〜〜っふ。ごめんなさい。あくび止まんないなあ！ふふ。30は超えてますね。

……………………………………いつから。っていうかいつからか、なにからか、うーんいやそれはもう、いつからとかじゃない。いや違うんですけど、や全然失礼とかじゃなく、あ怒ってるとかでもないんですけど、いつから、うーん。や、わかってるんです。いやわからない、のか。だって…………………………ふふ、え〜〜〜だって〜〜〜、好きなんですもん、すき、いや好きなんですもんっていうか、うーん不思議ですよね。いや言ってもわかんないと思いますけど、いやわかるのかな、わかると思います、思いますよ、だって、ねえ、いやわかんないか。いやいやいや……そういう言い方が良くないんだな。まあいいや。だって、俺にとっては男の人の声とか、背丈とか、筋肉とか、敏感なものの形とか、笑顔とか、泣いた顔とか、後ろ姿とか、手とか、会話の温度感とか、言葉選びとか、社会の中での存在感とか、そういうすべてとか、いま言い切って、言い切れていないほんとうのぜんぶ、あたりまえ、とかそういうの、そういうのっていうかそういうの、越えて、俺は男の人を素敵だと思うから。美しいと。あなたが……あでもあなたがどういう人を好きになるのか、というか、人のどこを、かな、俺はまだ知らないから、あなたもそうかもしれないし、あなたはそうではないかもしれない、ですけど、えと、ん〜〜、うん、たとえば、Aって男性がBって女性に惹かれているとして、それはたとえば、たとえばというか、たぶん、Aは、……え〜と、Aは、A自身の声とか、背丈とか、筋肉とか、敏感なものの形とか、手の硬さ、厚さ、あったかさ、とか、と、Bの声とか、背丈とか、筋肉とか、敏感なものの形とか、手の柔らかさ、薄さ、冷たさとか、を比べて、たぶん、比べて、……ひらふな〜っていふ、ごめんなさい、違うなっていう、そういう差異を、きっと魅力とか性欲の矛先に変換して、素敵だなって、思う、思って、ん〜思っていると、思うと、思うんですけど、とかあと、Aの男友達、同性ですよねつまり、男友達の、笑顔とか、泣いた顔とか後ろ姿とか、会話の温度感とか、言葉選びとか、社会の中での存在感と、Bのそういうんを比べて、そことの差異にも萌えているって言うこともできるんかも、しれない。萌えるって。……なんか久々に言った。気が。あ、そうえっとそう、で、俺もそうっていうことをいま言おうとしていて、していたんでした。俺が男の人を好きになる。男の人を見て、接して、知って、素敵だなと思う。そこには自分との比較が絶対に、うんあって、えっとなんだっけ、声とか、背丈とか、筋肉とか、性器……とか、笑顔とか、……え～泣いた顔とか、背丈とか、後ろ姿とか、手とか、会話の温度感とか、言葉選びとか、社会の中での存在感とか、いま背丈って2回言いましたね、で、え～そう、そうそう、なんか、自分とおんなじ人なんて絶対いないから、なんかそれで、ふ、一瞬あれですけど、よくそれで思うのが、俺のからだを縦半分に割って、右半分の俺と左半分の俺になって、なったとしても、そのふたつ、ふたり?の俺は、おなじ俺じゃないわけで、え〜っと、ふふわかりますいま言ったことイメージできましたわかりました?へへ。へへへ。だから、えっとそうなん、です。俺は、俺と違う声に、違う背丈に、違う笑顔に、違う言葉選びに、違う手に、いつもいつだっていいな素敵だな好きだなと思ってきて、その選択、選択っていうか感じ取り方、俺の気持ち、そういうの全部、いまは悔いてない。あれこんな話だったっけ。悔いてないです。ふふふへへ、そうなんか、そうですね、ああなんかおんなじような、ことを、へへ小学生のときに、なんか考えていたなっていういまのは笑いで、そういう。ポケモンでわざマシンてある、あったじゃないですかやってました?ポケモン。……へへいやあなんか、あれいまって手に入れたら無限に使えるみたいな、感じみたいですけど、俺の、俺が小学生のときとか、いやもっとまえ、幼稚園かな幼稚園かも、ポケモン、ピカチュウ版とかありましたよね、そのあたりのときわざマシンて一度使うと消えちゃうんですよね、リュック、どうぐばこ?みたいな、そうもちものから消えて、だから、ダグトリオとカビゴンにおんなじわざ覚えさせたくてもそれは無理で、違うわざを覚えさせるしかなくて、なんかそういう、そういうことを、なんかさっき言ったみはいら、ごめんなさい、ふあ〜〜〜〜みたいな、ことをなんかそれ、ポケモンやってて思ったんですよね。へへへ！悔いてないですよ！いやあ、まだぜんぜんふっきれてないですけどね！いい人いないですかね。分倍河原いいところですよ。そうそう、桜上水の旧居、の住所から転送されて、総一朗からこないだ手紙来ました。ふふ。ね。いい人。いないかな。いい人ってなんなんでしょーね」

カーセックス（12）

倒された助手席の上で、タムラとワタナベは互い違いに横たわっている。シックスナイン、ってやつ、おれ好きだな。ワタナベが言って、その唐突な素朴さに、タムラはワタナベのペニスを咥えたまま爆笑する。味をしめたワタナベが、おれ好きだなー、と繰り返し、2回目以降はただただきもちわるいだけだからやめて、と言うタムラはまだ笑いを引きずっている。車体がもったりと揺れて、タムラはその不思議を思う。いまこの車は、わたしたちの体重、運動、によって、どの部分が、どう軋んで、どう撓んで、どう沈んで、どう押し戻されて、揺れているのだろう。それをタムラが口にすることはない。タムラもシックスナインがすきで、それをワタナベに言ったこともない。可能性、ってかんじ、するよね。ワタナベは言って、シックスナインが?と訊くタムラに、そうそう、とワタナベが応えるより先に、タムラは笑っている。車体は揺れていて、ワタナベはその不思議を思う。それをタムラに言うことはない。きもちいいな、とワタナベは言って、たのしいね、とタムラは言う。言いながらタムラは、わたしもあなたもこうやって、死ぬまで素朴さを守り合っていけたらいいね、と思っている。その思いを数秒噛み締めてから、タムラはワタナベのペニスを口から外し、尿道口におもいっきり息を吹きかける。やめろ!と言いながら、ワタナベが笑っている。

与える

自分にとって普遍的なものを書きたい。

矛盾しているようだが、自分にとって、というのがきっと、大切だ。

プイグの手法。ウィンターソンの手法。

アルゼンチンの小説家、マヌエル・プイグは、おしゃべり好きだった叔母の話し方、話し声を、文体に取り入れて小説を書いていたそうだ。映画監督、脚本家を目指して、挫折した先で小説に手を差し伸べられた作家、プイグ。

クロコダイルとアリゲーター。どちらもワニだ。口を閉ざしているとき、下顎の歯が牙のように出るのがクロコダイル。歯が見えなくなるのがアリゲーター。歩くとき、お腹を地面から上げるのがクロコダイル。蛇のように、お腹を地面にすりつけて歩くのがアリゲーター。

タートルとトータス。どちらもカメ。カメ全般を指してタートル。カメ全般の中から、リクガメだけを指して、トータス。トータス松本はリクガメというわけだ。

人を書く。人が見る。人が食う。人が歩く。人が思う。人が寝る。人が生きる。書いたとき、書かれたその人がタートルなのか、トータスなのか。クロコダイルかアリゲーターか。考える。人を書く。人に名前を与える。人に行動を与える。

人に思考を与え、人に語りを与える。そのとき、その語りを聞くあなた、語られるだれか、なにか、それらと、語る人との関係が、クロコダイルとアリゲーターの関係なのか、タートルとトータスの関係なのか。考える。そもそも与える側はわたしなのだろうか、ということも。プイグの手法。ウィンターソンの手法。ウィンターソンの手法はまた今度。

ナビゲーター（袋小路でやぶから棒に）

あの、すみません。まずは、あの、はい。お、お、落ち着いて。あ、すみますみすみすみません。とりあえずは、まずは、なにをおいても、こういう時は、ええ、絶対的、可及的、速やかに、落ち着くことが大前提かつ大事ですから。はい。とにかくまずは、深く、ふかく、ふか……げえぇつほんえふんげふんごめんなさいんんんっ。はい。深呼吸から……はあ、深呼吸から始めましょう。それから、すべてはそれからです。息をすう〜、はあ。すう〜、はあ、して。……そう、そーうですはいはい。はい。はい。よくできました〜。あっすみませんすみません。怒らないでください。馬鹿にしているわけではないんです。けっして、断じて、誓って、そんな失礼なこと、あなたにするわけないじゃありませんか。そう思いません？　思いますよね？　よかったよかった。それでですね、まずはそのー。あっ、挨拶がまだでしたね。えと、おはようございます。あ違うか違いますね。はじめましてですねこういうときは。人と人がはじめて、こう、雁首を揃えると言いますか。初対面。そう、初対面、ですよね？　ラッシュ時の埼京線の車内ですとか、代々木八幡の踏切待ちの間ですとか、もしかしたらもしかすると、偶然ばったり出会っていたのかもしれませんけど。あ、こういう場合――つまり、ちゃんとした初対面の挨拶を交わすより以前に、あなたを見かけていた場合――も、ばったり、とか、偶然、って、使うんですかね？　そこんとこ、ちょっとよくわかんないんですけども。でも、そうですね、とりあえずは、はじめましてにしておきましょうか。しておいてください。どうか。どうか……。

ええと、それでですね。あなたの頭には今、たくさんのハテナが浮かんでは消え浮かんでは消え――あ、消えてはいないですか。それは失礼しました――、していると思うんですよ。そりゃ思いますよ。思うことでしょう。誰だってこんな、非常時にはそういう思考回路が働くものです。誰だこいつら、と。なんでこんなに慇懃なんだ、と。そもそもなんで部屋にいるんだ、と。こんな早朝に、と。まだアラームが鳴る二時間も前なのに、と。得体の知れない輩に安眠を妨げられたぞ、と。今日は祝日なのに、と。小鳥の囀りしか聴こえないような時間帯じゃないか、と。チュンチュク鳴いてるあの小鳥はスズメだろうか、と。そうですおそらくスズメです。それにしても最近、スズメを以前ほど見かけなくなりましたよね。なんでも年々スズメの数が減っているらしいですよ。ええ。ええ。本当ですとも。こんな所で嘘なんてついてなんになるんですか。こんな、高層ビルの裏手の、袋小路の、ゴミ臭い、陽の当たらない場所で。……そうですとも、まだ寝ぼけてますね。大丈夫ですか？　もう一度深呼吸しますか？　コンコンコン、おーるーすーでーすーかー？　いえいえ冗談ですってすみませんってばははははは。ああ失礼。とにかく、今一度、辺りを見回してください。たっぷり、首を左右上下に、三往復くらい、動かしてみてください。首まわりの運動には眠気をふきとばす効果もあります。そうしましたら、けっして慌てずに、まずはこの文章に目線を戻しましょう。

　これでようやくお分かりになりましたでしょうか。ああ、よかった。ホッとしました。とりあえず、ホッ、とさせてください。この仕事も、いろいろと気苦労が絶えないのです。ほら、その、あなたのように、イレギュラーな状況で浮空期《うくうき》に突入した場合、パニックを起こすこともめずらしくないのです。ええ、ええ、ここだけの話。そうなんですよ。

　ついに俺も。そう思ってますか？　ついにきたか。そう思ってますか？　なんでまたこんな時期に……。そう思ってますか？　まあ、災難ですね、としか言いようがないですね。五年間、学生のころから付き合っている人と別れて、しかもその人には二年前から別の恋人がいて、つまりあなたは二年間二股をかけられていて、しかも付き合っている人としてはあなたよりもうひとりの恋人のほうが本命で要するにあなたは浮気されていたというより付き合っている人にとってはあなたが浮気相手のようなもので、お荷物で、ただのヒモ野郎で、ノータリンで、……みたいなことを昨日の夜付き合っている人とそのもうひとりの恋人に一方的にまくし立てられて、あなたは驚きすぎてなにも言い返せなくて、むしろ驚きを通り越してなにも感じなくて、なにも感じないのだから当然言うべき言葉も言いたい言葉もなにも浮かばずただあなたは「ふうん」という心持ちで冷蔵庫から缶チューハイ――夏みかん味の五〇〇ml――を取り出してグビグビ飲んで、飲んでいるうちにやっぱりなんだかムシャクシャするなあとぼんやり思い始めて、特に暴れもせず泣きわめきもせずに、無表情のまま付き合っている人のもうひとりの恋人の頭頂部に缶チューハイの残りをダバダバと注いで、付き合っている人もそのもうひとりの恋人もなぜだかまったく動じずに「なにこいつ」といった眼をあなたに向けるだけで、缶チューハイを注ぎきったあなたは「ほいじゃ、俺はこれで」とでも言い出しかねないくらい気さくな身のこなしで玄関の一〇〇円ショップで買ったオレンジ色のサンダルを履いて、行きつけの、高架下のおでんの屋台にでも行こうかなと足を動かし始めたはいいものの、途中でそっか今日日曜日だわおでん屋やってねーわってことに気づいてしばらく迷いながら歩いた末に駅前のカラオケ館に足が進んで、人生初のひとりカラオケというものでもしてみようかという気持ちにだんだんなってきて、「一名で」なんて少しぶっきらぼうに、顔を横にぷいっと背けそうなくらいそれはそれはぶっきらぼうな「一名で」を店員に向かって投げ捨てて、二〇一と印字された札を笑顔の店員に渡されてあなたは仏頂面のまま二〇一号室までペチペチ——サンダル履いてますからね——歩いて、着いて、硬いんだか柔らかいんだかはっきりしないソファーに体を沈めたあとに「別に俺、歌いたい曲ねえや」ってことに気づいてその言葉を実際に口に出して、何回か舌打ちしてからメニュー表を開いてやや迷った末にあなたは生ビールを頼んで、パリパリと餃子の羽のように——ちなみにわたしは餃子の王将と大阪王将で言うと大阪王将派です——乾いた笑顔で店員がそれを運んできて、あなたは痙攣のような会釈だけをして店員が去るのを待って、一息で飲んで、頼んで、飲んで、頼んで……、午前三時——つまり日付的には今日、ですね——の退出コールギリギリまでそれを繰り返して、千鳥足で、階段で二、三度転けそうになりながら、爪先立ちみたいな覚束なさで一階のレジカウンターまで歩いて、店員に番号札を渡してから「そういや俺財布持ってきてねーじゃん」ってことに気がついて、「やべ」と口から出かけて、千鳥足のままマリオネットみたいなぎこちない動きで——鏡の〜中のマリオ〜ネッツ！　と高らかに歌う声が、隣の部屋から漏れ聴こえていましたね——右向け右をして、両の手で自らの両頬をピシャンと叩き、そのままダッシュで逃げて――お客様！　おい！　お客様！　という声が遠ざかっていくのを感じながら――この路地裏まで逃げて逃げて逃げて、倒れ込んで、眼を閉じて、そして眼を開けたら見知らぬタキシード姿のおっさんがいて、あなたのプライベートな情報をペラペラと喋られているんですからね。ほんと、災難でした。いや、現在進行系で、残念ですね。ご愁傷さまです。あ、死んでないですね。しかしながらですね、もうちょっと、露悪的なまでにポエティックな言い方をさせていただきますとあなた、あなたのその心はもう死んでいるようなものです。あなたの半分、半身は、ご愁傷さまって感じですね。ほんと。ところでご愁傷さまってあなた、実生活で言われたことあります？　初めて言われたんじゃありませんか？

とりあえず、あなたは今、立ち上がっています。いますよね？　まあ、地に足は着いていませんが――いえいえあなたの生き方がというわけではありません、ですからどうか、その握りこぶしを解いてください……そう、そう、ゆっくり、ゆっくりね――、とりあえず、立ち上がってはいます。ね。そうでしょう？

あなたみたいなケースはわりかしめずらしいのです。ですから、ええ、さきほどから再三、口をこれ以上ないほど酸っぱくして申し上げておりますが、どうか、落ち着いて、冷静に、行動なさることが肝要なのです。浮空期の初期段階に不慮の事故等で死亡してしまうケースはままあります。ですから、あなたのこれまでの人生の常識の枠は一旦、外していただいて、〈かもしれない運転〉で、どうか、説明委員会の言葉に耳を傾けていただきたい。いいですね？　はい。いい返事です。そうしましたらまずは、説明委員会の名に恥じぬよう、簡単かつ簡潔に、ご説明のほう、させていただきますね。

まずはそう、あなたの足元、ゆっくりと、再度確認してみましょう。はい、そうです。そうですね。浮いていますね。宙に浮かんでいますね。重力から解き放たれて、歩こうとしても足がスカスカッと空を切って歩けませんね。ええ。そうです。浮空期間中、通常の方法で——つまり、左右の足を交互に、前に動かして全身を前に押し進めるという方法のことですね——歩くことができません。ええ、ええ、仰りたいことはわかります。不便ですね。とーっても不便です。エスカレーターに乗ってもあなたの足の下で足場が動くだけです。エレベーターは……、ははは……、ああ、いえ失敬。すべてを説明してしまっては興醒めというもの。わたくしども説明委員会は、過剰な説明は過剰な愛、を社訓——委員会の場合も社訓って言うのでしょうか——に掲げて日々浮空期当事者の方々へのツボを押さえた適切かつ適度な説明——そう、それはもはやほとんど愛——を心がけております。ああっ、そこそこ、その説明。あーちょうどいい、いやあいいわあ。きもちいい……。というお声をいただくことも、あったりなかったり。というわけで、あなたには、肝心要の部分のみ、芯を食ったような説明をさせていただきます。あなたもこの宇宙の、この地球の、つまり、宇宙船地球号の乗組員である人間なのならば、今、ご自分の体に起こっている現象、そしてその現象の名称、ある程度は理解しているはずです。なにしろ今は朝の七時。人間の脳みそが一番活発に働く時間帯です。もっとも、今から三〇分ほど前までに朝ごはんを食べていればの話ですが。あっ、そういえばタキシードの右ポケットに、あなたとこうしてお会いする前にセブンイレブンで購入したおにぎり――焼きたらこ――が入っています。説明と、あなたの練習がてら、このタキシードの右ポケットから、自力で、おにぎりを取ってみてください。安心してください。取って食おうってんじゃないんですから――それに、取って食おうとしているのはあなたですよ――。さあ、指示通りに、体を動かしてみてください。まずはお尻の穴……肛門付近に力を入れてください。なかなか出てこないイケズな大便をひり出すように――もちろん、本当にひり出してはいけませんよ。そういう人、案外多いんです――。そして右人差し指の爪を甘噛みしてください。それが体を動かす方法です。車に例えると、肛門への力加減が、エンジンペダルの踏み込み具合、右人差し指の甘噛みが、シフトレバーとハンドルの操作です。甘噛みしたまま手首を上下左右に動かすと、その動きに連動して……おお、そうそうそうです！　その調子ですよ！　そのように、体が上下左右に回転します。そのまま手首を動かして、こちらに体を向けるようにして、はいはいその調子ですよ、そして、その状態で肛門に力を……そーうです！　これで前進はわかりましたね。ちなみに後進——バック、ですね——したい場合は、おヘソの辺りに力を込めてください。ごめんなさいさっき甘噛みがシフトレバーとか言っておいて、かえってややこしくなってしまいました……。腹筋を鍛えるような感じで……おおー、いいですね、

いいですよ。はい、では、もう一度、前進して、近づいてみましょう。ちなみに力を入れれば入れるほど、進むスピードは速くなります。はい、これであなたとタキシードはほぼゼロ距離になりました。ちょっと、その、気まずい距離感ですね。吐息のかかる距離、と、言いますか。恋人同士にしか許されない距離、と、言いますか。あっ、いえ、別にその気はありませんのでご安心を。では、右ポケットからおにぎりを取ってみてください。はい、よくできました～！　何度も言うようですが馬鹿にしているわけではありませんよ。なので、どうかその、怒髪天を衝くような肩の上下運動を止めてくれませんか。ちなみにですね、浮空期間中は、自分の体重・身長

以下の物体なら、一度触れれば宙に浮かせることができます。ですから、その、おにぎりを口いっぱいに頬張るのを一旦待っていただいて――ええ、ええ、ほんと、すみません。お願いですからそんな怖い顔しないでください――その練習も、一応、やっておきましょう。万が一、ということがありますからね。その力が誰かの命を救う。なんてことが、無いとも限らないのですから。例えばこの、二五階建てのビルで火災が発生して、逃げ遅れた人が屋上や外に面した非常階段に追いやられていたとしたら、あなたはそこら辺にある――ああ、あそこにちょうどいいベニヤ板がありますね――ベニヤ板に触れて、逃げ遅れた人のいる高さまで浮かせて、エレベーターの要領でオフィスワーカーの方々を救い出すことができます。素晴らしいじゃありませんか。浮空期の特権です。自分の体重・身長以下、というのが宙に浮かべることのできる物体の条件ですが、一旦浮かせたあとに重量や体積が増えても数分間は浮かせたまま操作可能、という、バグのような仕様になっておりますので、ええ。実際、この仕様を悪用した犯罪などもあったりするのです。ですが物体浮空《ぶったいうくう》は前立腺がんの遠因とも言われているので、くれぐれも濫用は厳禁ですよ。くれぐれも……。ああ、なんでしたっけ。そうだそうだ。オフィスワーカーを火災から救ったあなたは多くの人から感謝と称賛を受けます。ありがとう。ありがとう。君がたまたまこんな路地裏で、酔いつぶれていてくれたおかげで助かったよ。助かりました。握手。握手。さらに固い握手。そして感謝状の授与。嗅ぎつけたマスコミがあなたをネタに記事を書く。あなたは一躍有名人。街中でサインなんか求められたりして。ああ、はい。そうです。ええっ、サインですか。いやいやそんな。サインするほどの人間じゃあ……、あ、物体浮空は緊急時以外は私物だけって決めてるんで……。ああ、そうですか……？　じゃあ、まあ、はい。えっと、サイン、ここに？　マッキーとかって持ってたりします？　はい。はい。サラサラサラ、っと。あ、ちょっと、カメラはちょっと。恥ずかしいっていうかなんていうか。いやはは、まいったなこりゃ。そしていそいそと人混みをかき分けて目的の場所へと向かうあなた。目的の場所——川沿いに最近オープンした小洒落たヴィーガンレストラン——には、ビル火災の中、果敢にも人々を救ったあなたについての記事を読んだ元恋人。再会を喜ぶ二人。微笑みを交わす二人。まずはオレンジワインで乾杯といこうじゃないか。注文をしようと手を上げかけたあなたを元恋人は優しく止める。ワインはちょっと。だって、私のお腹には、もう……。あなたの耳には聴こえないはずの、命の、微かだけれど確かな鼓動が。そう、あなたと元恋人——現、伴侶——の。……なんてことにもなるかもしれないのです。あ痛い。いたた。ごめんなさいごめんなさい。まだ一応、正式には、面と向かって、別れを告げられたわけではなかったですね。元恋人ではありませんでしたすみません。すみませんってば。

えと、それで、なんでしたっけ。ああ、説明がまだ途中でしたね。触れたものを物体浮空させたい場合は、左人差し指の爪を甘噛みします。はい。そうです。甘噛みした瞬間から、物体は浮き上がります。基本的な動作は先程の、体の操作と同じです。肛門に力を入れると前へ、おヘソに力を入れると後ろへ進みます。上へ上へと浮かせたい場合は、甘噛みしたまま腕を上げてください。上げている間、物体は上昇し続けます。降下させたい場合は甘噛みをやめるか、腕を下げてください。その他、細かい動きはすべて、甘噛みをしている間、左腕の動きと連動します。簡単でしょう？　最初のうちは微調整が難しいでしょうが、すぐに慣れるはずです。あなた、なかなか筋がいい。いや、本当ですよ。体の移動すらままならない人も、最近は多いのです。……ああ、そうそう言い忘れていました。複数の物体を同時に操作することはできません。気をつけてください。くれぐれも。

そうそう、これは最初に説明しておくべきでしたが——いやほんと、説明委員会失格ですね——。男性の生理と言われるくらいですから、女性同様、浮空期前後、浮空期間中で心身に様々な変化が起こります。顕著に現れるのは性欲の減退ですね。浮空期間中、睾丸の機能は著しく低下します。常に射精直後のような状態になる、と言ったら、わかりやすいでしょうか。症状の重い方ですと、浮空期間中は性愛対象の人間――ヘテロセクシャルの方ですと女性、ゲイセクシャルの場合ですと男性、ですね。簡単に言うと、ですが――が視界に入るだけで苦痛を感じる場合もあるそうです。とにかく、どんなにお盛んな方でも、浮空期間中は生殖行為が困難になります。

先程、常に射精直後のような状態になる、と説明しましたが、浮空期予定日が近づいてくるにつれて、段々とそういった心身状態になっていきます。あなたは昨日、元――失礼、――恋人とそのもうひとりの恋人に散々なことを言われたにも拘らず、ある程度は平静を保てていました。それは浮空期直前特有の症状だったのかもしれませんね。そして、安定した心身状態に移行してから大体三日後、夢精を皮切りに浮空期が始まります。……ええ。ええ。そうです。あ、気づいていませんでした？　あなた、夢精したんですよ。この、二五階建ての高層ビルの裏手の、ゴミ臭い、陽の当たらない袋小路で。あ、ちょっと、ごめんなさい、ごめんなさいってば。

ちなみに浮空期は、月一回のペースでやってきて、およそ一週間で終わります。終わる時は夢精も何も起こりません。朝目覚めたとき、体が布団に、ベッドに、沈み込んでいれば、浮空期は終了です。性欲も、心身状態も、いつものあなたに戻ります。もう、ビンビンの、グングンです。その、あなたの、スクランブルスクエアに負けじとそそり勃つイチモツを、存分に振り回していただきたい！　まあでも、今はとりあえず、精子が乾ききってカピカピにならないうちに、ティッシュ——あ、ポケットティッシュ、持っていたんでさしあげます——で綺麗に拭き取ってください。大丈夫です。後ろを向いておきますから。どうかお気になさらずに、あなたのペースで、慌てることなく、ペニスにべっとりとこびりついた精子と、そのぬめり気のあるパンツを処理していただいて。ええ。ここにはあなた以外誰もいない、誰も来ない。袋小路なのですから。栗の花の匂いが染み付いた香ばしいパンツの一つや二つ、アスファルトの肥やしにしてしまっても何ら問題ありません。ええ、ええ。本当ですとも。さあ、一刻も早く——されどあなたのペースは乱さずに——その青いチェックの、ゴムが伸びきっていて、歩くとジーンズの中で少しずつずり落ちてしまう、五年前に——そう、あなたが恋人と付き合い始めたころ、ユニクロで——買ったトランクスを、どうぞ、地面に叩きつけてください。そして、彼がトランクスを力の限り地面に叩きつけたのとほとんど同時に、今までピーチクパーチクしゃべり続けていたタキシード姿の男の隣にただただ突っ立っていただけのもう一人の男——もう一人の男は、ジーパン、白地に控えめな級数の楷書体で「説命」とプリントされた半袖シャツ、というラフな格好だった——が、やぶから棒に、口を開いた。川城《かわしろ》さん、も、いっすかね僕しゃべっても。いっすかね。やっぱりあなたとか言われたってピンと来ないっすよ正直言って。えっと、矢野さんでしたっけ？　わかんないっすよね。いやいや、誰だよ。みたいな。そう思いません？　……あ、ちなみに自分、宇城《うしろ》っす。ままま、川城さん、ちょっとここからは、もうちょいわかりやすく、てきとーに、僕が説明しますんで。だ〜いじょぶっすよ川城さ〜ん。これでも自分、説明成績《セッセキ》は若手トップなんで。川城さんは僕の隣で、ドシンと構えてくれてればいいっすから。はい。はい。

矢野は自らの身体感覚を取り戻しつつあった。この袋小路で、怪しげな説明委員会の二人組に揺り起こされて、ついに自分が初空《しょくう》を迎えたという事実を伝えられてから、ずっと、自分の体を見知らぬ誰かに操られているような心地だった。いつものように歩き出そうと足を動かしても、前に進まない。地に足が着いていないと、体の向きを変えることもできない。これが浮空期か。タキシード姿の男、川城の説明を聞きながら、矢野は昨日の出来事や恋人の浮気相手のこと、サンダルで家を出たのに今は裸足だということ、雨が降り出しそうな雲行き、何枚も溜まっている公共料金の請求書のこと、などなど、現時点で頭に浮かぶ限りの有象無象を挙げては目を閉じ、小さく首を横に振った。そんなこと考えてなんになるというのだろう。自分だって、恋人との生活に限界を感じていたはずだろ。仕事だって、そろそろ本気で探さなくては。バイトでも簡単な内職でも、コンビニでも工事現場でもポスティングでも汚染処理でもなんでもいい、恋人とすっぱり縁を切るからには——やはり、そうするしかないのだろうか——、自分の時間を売ってお金に換える方法を、早いとこ見つけるしかない。それ以外のことを考えるのはやめよう。やめよう。

川城の説明通り、今の矢野には性欲がまったく無かった。元から存在していないみたいに、きれいさっぱり消え去っていた。なるほどこれが生理か。矢野は、二八歳という、あまりにも遅咲きすぎる心身の変化を、戸惑いつつも楽しんでいた。女性の生理と比べて、初空の年齢は個体差が激しい。五歳で初空を迎えた宇城——今、川城の隣で矢野に向かってしゃべり続け、言葉を書き連ね続けている男——のような人もいれば、矢野のように成人後に初空を迎える人もいる。死ぬ間際、病床で初空を迎えるようなケースも極稀にだが、存在する。初空年齢という点のみで語ると、生理というよりむしろ水疱瘡やおたふく風邪に近い。のかもしれない。矢野は宙に浮かせっぱなしだったおにぎりを口に投げ入れ、というより口元まで移動させ、パン食い競走の要領でかぶりつき、ゆっくりと咀嚼した。

携帯を見ると不在通知が何件も届いていた。知らない番号だ。昨日のカラオケ館からだろう。なんで馬鹿正直に自分の電話番号を書いてしまったのだろう。名前も、きっちり矢野賢介と本名を書いてしまった。いや、それよりも、なんであのとき逃げてしまったんだ。いやいや、そもそも、なんで恋人の部屋で自分はあんな振る舞いをしてしまったんだ。なんで外に出たんだ。なんで財布を忘れたんだ。悔やんでもきりがない。どうせもう身元は割れているのだ。川城と宇城ですら把握している。自分があれこれ案じても何も変わらないのだ。矢野は携帯でこの先一週間の天気を調べた。次に晴れるのは四日後か。

矢野は左人差し指を甘噛みし、携帯を宙に浮かせた。そのまま左腕を勢いよく上げると、携帯はものすごいスピードで上へ上へとグングン昇っていく。このまま昇り続けるとどうなるんですかね。甘噛みしたまま矢野が宇城に話しかける。まあ、大気圏は余裕で越えるっすね。大気圏を越えて、さらに昇り続けたら、どうなりますかね。だんだん、空気が薄くなっていくんじゃないっすか、詳しくは知らないっすけど。空気が無くなっても、さらにさらに、昇り続けたら、どうなりますか。宇宙まで行きますね。宇宙を進み続けたら、どうなりますかね。あーそれ、たしか、どっかで読んだか聞いたかしたんすけど、それで、どんどんどんどん進み続けて、何光年も先の宇宙まで進み続けて、そうやって浮空期の人たちが飛ばした物体が星になって、星と星を空想の線で繋げて星座にして、だから僕らがこうして星空を見て、おうし座だとかふたご座だとか言っているものは元々遠い昔の人たちが宇宙に飛ばした貝殻とか、お椀とか、鏃《やじり》とか、藁とか、羽ペンとか、モーニングスターとか、パンケーキとか、ガラス瓶とか、生糸とか、砥石とか、綿棒とか、力士のマゲとか、ホワイトアルバムとか、噛み煙草とか、パピルス紙とか、羊の毛とか、豆電球とか、画鋲とか、人骨とか、『ターゲット1900』とか、サガミオリジナルとか、バグパイプとかで、だから、死んだ人がお星様になるっていうのはあながち間違いじゃないと思うんすよね。あれ、なんか、語っちゃいましたね。つまり、俺が今操作しているこの携帯も、いずれは星になるんですね。あー、多分、そっすね、なると思います。

矢野の左人差し指は唾液でふやけはじめていた。身元が割れているということは、きっと今頃、警察にも連絡がいっているのだろう。早くも捜索が始まっているのかもしれない。恋人の家まで捜査の手が伸びている可能性だってある。別れの瀬戸際でも迷惑をかけてばかりだ。昨日は恋人とその浮気相手にずいぶんとひどい仕打ちを受けたが、五年間、ひどい仕打ちを受け続けてきたのはきっと恋人なのだろう。喧嘩になるとすぐに手を上げてしまうし、お金は勝手に使うし、酔って暴れて食器を割ったことも何度かある。もう恋人の部屋には戻れないだろうし、戻りたくないし、警察から逃げ続けなければならない以上、仕事を見つけることすらままならない。財布もカードもない。あるのはポケットでくしゃくしゃになっている煙草とライターだけ。矢野はポケットから煙草を取り出し、火をつけた。吸って、吐いて、一呼吸置いてから左人差し指の甘噛みをやめてしまっていたことに気づいたが、遥か彼方まで昇っていった携帯は一向に降下してこなかった。煙草の火種が指先まで迫ってきていることに気づいた宇城は矢野に素早く携帯灰皿を差し出す。ああ、悪いね。いいんすよ。心中、お察しするっす。矢野は携帯灰皿にちびた煙草を押し込んで、宇城に返した。宇城は渡された携帯灰皿を、また矢野の手のひらに戻す。いいっすよいいっすよ、それはあげますんで。その携帯灰皿を見るたびに、ぼんや～りって感じでいいんで、今日この日の僕のこと、思い出してくれたら。って、気持ち悪いっすよね自分。いやよく言われるんすよ、お前は説明対象に情が移りやすいから気をつけろ、って。ま、僕、携帯灰皿何個も持ってるんで、大丈夫っすから。矢野は口元を緩めて、ありがと、とぼそぼそ声でお礼を言った。携帯は落ちてこなかった。大気圏を越えて、地球の周回軌道にでも乗ったのだろう。それとも周回軌道すら越えて、いずれどこかの惑星にたどり着くであろう隕石やスペースデブリの一つとして宇宙空間を漂っているのだろうか。矢野にも、もちろん宇城にも川城にも、それはわからなかった。ぽつりぽつりと降り出してきた小雨に、傘を差すか否か、三人はそのことばかり考えていた。傘なんてないのに。

同時刻、軽量鉄骨造2階建てのアパートの一室。矢野の恋人は二股相手と並んで穏やかな寝息をたてていた。いや、眠っていたのは二股相手だけで、恋人は一時間ほど前に目覚めてから、二股相手の寝息を自らの前髪に当てたり、脇腹を指の腹でなぞるように触れたりして、再び微睡みの気配がやってくるのを待っていた。水揚げされたアンコウのように口を開けて眠る二股相手を見つめる恋人の表情は柔らかく、その表情から矢野との関係性や昨夜の一部始終を窺い知ることはほとんど不可能である。今夜はなにか好きなものを食べに行こう。朝目覚めてすぐ、寝床から抜け出すまでの時間、「今夜」について考えることが恋人の幼少期からの癖のようなもので、それが、一日のうちでもっとも愛おしい時間なのだと、以前、恋人は矢野に言ったことがあった。眠気は一向にやってこない。二度寝を諦めて、恋人は台所でベーコンとタマネギを細かく刻んで炒めた。昨日、矢野が部屋を出ていってから作ったなめこのみそ汁をコンロで温めている間、恋人は矢野が買い置きしていたメビウス8mgのカートンをまるまるゴミ箱に捨てて、灰皿代わりに使っていたインスタントコーヒーの瓶を捨てて、毛先が開いてエリンギのカサのようになっている矢野の歯ブラシを捨てて、LOFTで買ったペアのマグカップ――キース・へリングの作品がプリントされている――を捨てて、ここぞというときに食べようと思っていた矢野のエクレアを食べて包装を捨てて、捨てて捨てて捨てて、ゴミ袋を二重片結びできつく結んで、玄関の隅に置いた。ベッドでは、二股相手がもんやりと宙に浮いていた。ああ、今月もきたか。大丈夫かな。みそ汁の入った鍋から湯気がもうもうと出ている。恋人はコンロの火を止めてお椀にみそ汁をよそい、ベーコンとタマネギの炒めものを小皿に盛り付け、冷凍ご飯をレンジで温めて、ひとりで朝ごはんを堪能した。今夜はなにを食べよう。どこに行こう。脂っこいものが食べたいかも。チキン南蛮とか。かつ吉の生姜焼き定食とか。脂っこさとはまったく関係ないけれど、すこし足を伸ばして、川沿いに最近オープンした小洒落たヴィーガンレストランに二人で行くのもいいかもしれない。考えながら箸を動かしているうちにお椀も小皿もお茶碗も空っぽになり、満足そうに唇を舌で舐めてから、恋人はシンクに食器を持っていき、スポンジに手を伸ばす。

どこかで誰かと誰かが話している声がする。向かいの公園から犬の鳴き声が聞こえる。通り沿いにある中学校からは野球部の掛け声。吹奏楽部がホルンを、ユーフォニウムを、サックスを、フルートを、ティンパニを、吹く音、鳴らす音、叩く音。携帯がさっきからずっと震え続けているけど私はそれを無視し続けている。冷蔵庫の稼働音が微かに部屋の空気を震わせている。油分をゆっくりさらっていくお湯が、お皿を流れていく音、シンクに落ちていく音。洗剤の泡と共に油分が洗い流され、水切りカゴに置かれたお椀が、小皿が、お茶碗が、それらに付着した水滴が、窓から差し込む光を反射して輝く。私は、ベッドで浮かぶ木下が起きたらコーヒーでも淹れようか、とか思ったりしている。ヴィーガンレストラン。ふふん。やっぱいいや。今夜はピカソで豆乳でも買って、豆乳鍋にしようか。私も木下も湯葉が大好きなのだ。脂っこいものが食べたいのかも、という気分はあっという間に消え去っていた。水切りカゴのそばにあった矢野の携帯灰皿を手にとって、私はそれをゴミ箱へシュートした。

木下の寝息は聞こえてこない。

洗い物を終えた私は、指から水がつたつたと滴っている状態で、ベッドにもう一度潜った。滴っていた水が布団や枕カバーに吸収されて私の手は潤いを失っていく。叩いても突っついても木下は呻き声すら出さない。私はすぐにまた起き上がり、ベッドの上で体育座りをして、自分の膝に顔をうずめながら、隣で、空中で、ふよふよと浮かびながら眠っている木下の、静かな寝息に耳を傾ける。

五年後、矢野の携帯は地球の周回軌道を外れ、凄まじいスピードで大気圏に突入し、地表にたどり着く前に跡形もなく燃え尽きてしまう。

それにしても悪いことというのは大抵の場合立て続けに起こるもので、「受かっていたらだいたい一週間後に電話で連絡します」というバイトの合否連絡が一週間後の今日になっても来ず、まとわりついた虚脱感を引き剥がすために夜の出町柳を自転車で走っていたら、信号無視、無灯火、イヤホン装着で警察官に捕まり、罰金を払おうとしたところで財布を落としたことに気がつき、財布を探している最中にiPhoneをアスファルトに落としてぴかぴかだった画面がカニカマボコの断面みたいに細かくひび割れ、いっそ路上で踊り狂いたい気持ちをぐっとこらえて佐倉が住処に戻ると空が外でiPhoneを見つめながら煙草を吸っていた。だから佐倉も自転車を停めてから空のそばまで行って煙草に火をつけた。

「アキさん」

「おつかれ」

「なに見てるんですか」

「どしたんなんか、なんかむっちゃすごい顔してるけど」

「いや……いやもう、いや……。財布落として、口頭注意でよくなって……携帯が、もう。ああ、いや」

「なに」

「いや……なんでもないや。なんでもないですちょっと。混乱している……疲れているのかもしれないです」

「そうか」

「なに見てるんですか」

「YouTube」

「の？」

「なんかね、これ」

空が佐倉のほうへわずかに画面を傾ける。動画が再生されていて、横長の携帯ゲーム機をだれかが操作している。暗い部屋のなかで撮影しているのだろう。

携帯ゲーム機のディスプレイの光で両手がかすかに映る以外はなにも見えない。iPhone画面の中の動画の中の携帯ゲーム機の画面、という入れ子によって見えづらくなっているが、ゲーム機の画面上ではボールペンの蓋を正確にはめていくライン作業が延々と続いている。佐倉はこのゲームに見覚えがある。

「バイトヘル2000じゃないすか。なつかし」

「お、イタルくん知ってるねえ」

「もう、っちゃくちゃやってましたね中学のとき」

「イタルくんそのころってもう中学生?」

「いや、ぎりぎり小学生でしたね。小5?6?」

「小学生でPSPってなんか、わかんないけど、はやいね」

「兄が持ってたんです。借りて」

なるほどね〜、と空が言いながら動画を全画面表示から縦位置に切り替えて、チャンネル名をタップした。【総勢一人の百鬼夜行】。

「総勢?」

「いやあなんかね、総勢さんっていうYouTuberがいて。で、総勢さんは矛盾歯磨きルーティンっていうのをずっとやってて」

「むじゅん、歯磨き」

「そう。ほこたての矛盾ね。まあ矛盾歯磨きについては省くけど、イタルくんはそんなすきじゃないかも……。あ、で、そうそう総勢さん、という人なのだけどねこの人は。その総勢さんが、百機夜行っていうシリーズ名でゲーム実況をはじめたからさあ、なんとなくふ〜んって、見たの。そしたらなんか止まんなくなっちゃって」

空いわく、総勢さんなる人物の実況動画はゲーム実況の体をなしていない、というか、明らかにゲームそのものを見せるつもりがない。キャプチャされたゲーム画面の映像に実況主の音声が貼り付けられ、ときおりテロップが流れたりもするようなありがちな画ではなく、真っ暗闇の部屋の中で、うつ伏せの状態でベッドに入り、ＰＳＰ（それも決まってバイトヘル２０００やルミナスやもじぴったんのような、淡々と続いていく作業ゲームやパズルゲーム）を操作する、その模様が、総勢さんの視界そのまま、みたいな画でひたすら続いていく。

「矛盾歯磨きのときの、っていってても知らないからわからないだろうけど、あの静かにキマりきったテンションから、キマり、だけを抜いたような感じが、……いや、抜けてはいないな、なんて言ったらいいんだろうな。まあなんか、ようわからんけど心地よくて観てしまうんだよね」

空の予想に反して佐倉はその後、百機夜行シリーズや矛盾歯磨きルーティンをはじめとする総勢さんのYouTuberとしての振る舞いに興味を抱いていくことになる。【総勢一人の百鬼夜行】チャンネルの概要欄にさりげなく貼られていたＵＲＬ

をタップ／クリックすると、総勢さんが中学1年生のころから書き続けている同名のブログにアクセスできるのだが、総勢さんの本領はむしろこのブログにおいて発揮されているように佐倉には見えた。１９９０年代後半から２０００年代にかけて、テキストサイトやニュースサイトをはじめとする個人ホームページが徐々に下火になり、ブログの台頭、mixiの飽和、Twitterの誕生などを経てムードやモードは移り変わり、３・11と前後してＳＮＳのユーザーは爆発的に増え、という、大きな時代の中のちいさな流れに寄り添っていたのか飲まれていたのか、ブログで頻繁に記事を投稿していたころの総勢さん自身の年齢がそうさせていたのか、語彙や文体、言及する事柄によって想起される「総勢さん」という人格もその時期その時期で目まぐるしく変化していた。そのおぼつかない歩み。歩みと呼んでいいのか、歩んでいる自覚が本人にあるのかもわからない濁流のような熱意と葛藤と執着と暴走の、自分の轍を自分で踏む一人舞台の演目として矛盾歯磨きという映像コンテンツが始まっていく。その様に、佐倉は自身の制作態度を重ねたり照らし合わせたりして総勢さんを追っていくことになる。YouTube版【総勢一人の百鬼夜行】において、総勢さんの芯みたいなものは百機夜行シリーズで発露されていて、矛盾歯磨きルーティンはそこに「キマり」をミックスさせた結果なのだ、きっと。だがしかし総勢さんがブログ版【総勢一人の百鬼夜行】の記事投稿で培ってきたものは遅効性のおかしみと刹那の哀愁であるはずで、総勢さんはYouTubeという舞台においてそれらがそのまま機能するとは考えていなかったのではないか。ゆえの即効。ゆえの矛盾歯磨きだったのではないか。そしてそういった推測を、多くの古参フォロワーだけではない、佐倉のような新規の視聴者に対しても許してしまうツメの甘さもまた、総勢さんの奇妙になまなましい魅力なのだった。総勢さんに関するそうした想像や推察を佐倉が重ねていくのは、もうすこし先の話になる。立て続けに煙草に火をつける空より先に吸い終えた佐倉は「空珈琲《スペースコーヒー》 〜飛び出せ宇宙のカフェイン〜」と書かれたA型看板を空に代わって店内にしまい、そのまま奥の階段を上がって寝床に潜り、画面がひび割れて間もないiPhoneでYouTubeを起動させ、「総勢」と検索して百機夜行シリーズのひとつをてきとうに再生し、総勢さんの「櫛をね。……クシ。買ったんすわ〜ちょっといいやつ。そうそう〜。そういえば。……いやなんか、いままで櫛ってべつになんにも、100均でとか、コンビニでとか、てきとうになんか買って、買った、そのそれを、もういつなのかな、わかんないくらい前に買ったやつを、ただ使っていたしべつにそれでよかったっていうか、もうなんにもなかったんですけど、考えるとか。でこのまえ、……ほーんとに突然、なんですけど。なんか、櫛、使いながら髪、整えるじゃないですかそれで、整えていて朝、何度もこう、何度も、櫛をこう、やるじゃないですか。それでこう、やっててー。……。こんなに髪の毛のたばたば、束?というか一本一本みたいな、すごいじゃないですか髪の毛って、本数。ってものに何度も何度も擦るみたいに、触れるものがね、なんかね、プラスチックとかゴムとかでほーんとにいいのかってね、なーんかねえ……、なんか思ったんすよね。おれ、思っちゃって。それでそうそう……。なんかすごいたつかいの、いやそんな大した額ではないけど櫛にしては、おれの中の櫛感としてはたかいの、なんかいいの、買ってみたんですよね。かっけー！、ってなって。んふ。へへへ。あっやべミスった」という声を聴き流しながら、眠りに落ちていった。

「エッチスケッチワンタッチ、ってなんだったんだろうなあ」

翌日、佐倉は午前中に空珈琲を出て、百機夜行シリーズを再生させたまま

iPhoneをリュックに入れて、音声だけをワイヤレスイヤホンで聴くかたちにして自転車に乗り、出町柳駅前のロッテリアへ向かった。プレミアムブレンドとバケツポテト、というういつものカンヅメセットをオーダーして、喫煙席のすぐそばの禁煙席に座る。トレイをテーブルに置いてリュックを降ろし、中からジャネット・ウィンターソン『恋をする躰』、マヌエル・プイグ『このページを読むものに永遠の呪いあれ』を取り出し、ポメラを取り出し、黄色いロールペンケースと手帳を取り出しているあいだにも総勢さんのエッチスケッチワンタッチの懐古的な一人語りは弛緩しながらも続き、それを無心で聴いていると総勢さんの声が突然フェードアウトして着信音が鳴った。ワイヤレスイヤホンのボタンを押して、佐倉は三本からの電話に出る。

佐倉と三本は同じ大学、同じ学科の同回生で、お互い学生時代を文章作品の制作に費やしてきた。いまも費やしている。佐倉は京都で、三本は東京で。佐倉は新人賞に出すための中編小説を、三本はカーセックスというシチュエーションに焦点を当てたごく短い文章作品を。佐倉と三本は学生のころからお互いの作品を見せ合ったり、出町柳駅前のロッテリアに籠もってそれぞれ作品を書いたりしてきた。喫煙席に籠もるのは鼻が耐えられない。われわれは誇り高き喫煙者なのだ。とふたりは冗談半分本気半分で言い合っていて、煙草を吸うときだけ喫煙席に入り、雑談をするのもふたりが喫煙席で煙草を吸っている間だけ、という暗黙のルールがいつしかできあがっていた。そのころのルールを、佐倉はいまもひとりで守り続けている。

佐倉と三本が大学で在籍していたのは文芸表現学科という場所だったから、小説を書く、あるいは書きたいと思っている人は佐倉や三本のほかにもたくさんいたし、作品を見せ合ったり、語り合ったりする同回生はほかにもいた。けれどみんな、書かなくなってしまう。誰かの作品について語り合わなくなってしまう。東京で、地元で、どこかの地方で就職してしまって、就職するぶんにはいいのだけど、そのまま書かなくなってしまう。作品をつくり、語り合う時間を、みんなは過去にしてしまう。学生時代の輝かしい思い出に変えてしまう。風景描写に独特のこだわりがあったあいつ。粘り強い地の文でゆるやかにおかしみを生み出していくのがうまかったあいつ。セリフに執着しすぎてシチュエーションと会話の時間経過がいびつだったがそれが不思議と魅力的だったあいつ。秀逸なタイトルでいつも周囲を沸かせたあいつ。昭和ミステリー風の中年男女の痴情のもつればかり描いてきたのが卒業間際に一転して内省的な私小説を書いてきて数人の目頭を熱くさせたあいつ。話が壮大過ぎていつもプロローグで終わってしまうがいつも誰よりも熱心に自作を語っていたあいつ。それが手前勝手な感情であることは承知の上で、佐倉はそんなみんなに対して怒り、諦め、落胆していた。みんなに対するそういった感情を、佐倉は制作へのモチベーションに変えていた。変えることにしていた。ひとり、またひとりと、同期たちがそれぞれの作品の作者であることを忘れてしまったかのようにリクルートスーツに袖を通していくなかで、最後まで作者であることを忘れなかったのが佐倉と三本だった。賞レース志向で長い作品を集中してつくりあげていく佐倉と、賞とは関係なく短い作品をマイペースにつくり続ける三本は相性がよかった。それぞれの意見や態度、主張を、噛み合わないまま、噛み合わせないまま、聞き合い、話し合う仲だった。佐倉は出町柳、三本は笹塚。それぞれの場所のそれぞれのロッテリアで、小説を書き、電話をかける。

プイグの手法。ウィンターソンの手法。佐倉はそればかり気になっている。

インタビュアーの手法。清掃員の手法。三本はそればかり気になっている。通話中、ふたりはほとんどしゃべらない。ただお互い、文章を書く。打つ。店内のBGMや環境音にまぎれて、ときおり、向こうのタイピング音がかすかに聴こえる。ため息、ひとりごと、咀嚼音。ロッテリアという空間でつながるふたりの文章が、連なり、消され、書かれ、膨らみ、また消され、また書かれ、また連なり、また膨らみ、

湯たんぽ

なにに喜んでいるのかわからないまま笑ったり、なにに悲しんでいるのかわからないまま涙が出たりすることが増えたな。そう思いながら、頬をじじと下降する涙を、男の子は手の甲で拭って、煙草の火を消した。いつもの消灯時刻から、既に1時間半が経過していた。男の子は、キッチンの隅に立てかけてあった亜鉛メッキ鋼板の湯たんぽを掴んで、シンクに置いて、浄水を注いだ。最近、思い立って、直火で加熱できる湯たんぽを買って、うれしかった。飲み会で、同僚や上司の前で朗らかにそう言った男の子に、放たれたまなざし。(笑)が見え隠れする空気。質問。それらを執拗に思い出し、思い出し、男の子は湯たんぽをコンロに置き、火にかける。男の子はぬいぐるみには手を出さない。なにか、負けた気がするから。誰に、なにに、負けたことになるのか、そこまで考える勇気は持てないまま。男の子はシンクに吊るされたゴム手袋の片方を手に取り、その中に水を入れる。ふくらんで、ぶよぶよになった手袋と、自らの手を、恋人繋ぎのようにして、男の子は湯たんぽを見下ろす。男の子には子宮がなかった。それを、あたりまえのことだとは、男の子は思わない。男の子には子宮がなかった。男の子には睾丸があった。男の子には白髪が数本生えていて、男の子には肩書きがあった。にやにや、にやにや、男の子の口角が、上がっていく。クソが。男の子は決めていた。布団に入り、電気を消した部屋の天井を見つめ、これから生きていくこと、これまで生きてきたこと、そのあいだにあるいまのこと、その中にある暖かな感情を、ひとつひとつ、数え上げること。消しゴムのような言葉や空気やまなざしに、明日も消されてしまわないように、鉛筆書きのような己の輪郭を、ボールペンのようにしていくこと。湯たんぽの内部が適温に達していることを、吹き出たお湯がコンロの火を消してしまうまで、男の子は気づかない。数分、消えていたから。

鶏白湯

私が一〇歳のとき、母方の祖父が死んだ。死因はよく覚えていない。享年八七。よく生きたと思う。

祖父は古くから牛込に店を構える畳職人の何代目かで、ちゃきちゃきの江戸っ子だった。厳しい人だった。粗暴、と言ったほうが近いかもしれない。酒癖が悪く、よく物を壊したり人に手を上げたりしていた。私や私の母も、祖父の虫の居所が悪いときに遊びに行くと、殴られたり怒鳴られたりした。母がまだ学生だったころ、酔った祖父が水槽に焼酎を注ぎ込み、飼っていた金魚を全滅させてしまったこともあるらしい。お前らも飲め！とか言ってね。祖母は感情のよくわからない声でそう言って笑う。天気予報が外れると、気象庁に電話をかけて怒鳴り散らしたり。贔屓の力士がしょっぱい取組すると障子戸を蹴り破ったりね。私はそんな祖父のことを恐れていたが、不思議と嫌いではなかった。祖父が私のそんな気持ちを感じ取っていたのかどうか、いまとなってはたしかめようもないが、私と祖父はよく二人きりで出かけた。バスと電車を乗り継ぎ、当時まだ秋葉原にあった鉄道博物館に行ったり。神楽坂の蕎麦屋でお互い天丼を頼んで、祖父の海老天をねだったり。にらまれたり。

そんな祖父が死に、棺に入れられ、お経を読まれ、焼かれ、骨になり壺に入り墓に入ってしばらく経ったある日、私の家族は祖母を食事に誘った。「いままでおつかれさまでした」という旨の食事会だった。東新宿の外れにある、いかにも高級そうな、(おそらく)割烹料理のお店に行き、個室に案内され、湯葉で巻かれたちんまりしたものや、松茸がふんだんに使われたなんやかんやを、かつて祖父が起こした数々の暴虐をにこやかに話す祖母と両親を横目に、黙々と食べていた。

コース料理も終わりに近づいてきたころ、着物姿の店員によってガスコンロと土鍋が設置され、そのまま店員のうやうやしい手つきによってつまみが回され、火がついた。土鍋に満ちる液体は乳白色で、微かに脂が浮いててらてらと光っていた。「鶏かな」と母が言うと、個室の引き戸に手をかけて退室しようとしていた店員がゆっくり振り返り、ほほえみながらうなずいた。

ほどなくして鍋が温まり、私達は大きな湯呑みのような容器にスープを淹れて飲んだ。濃厚だが、いくら飲んでも飽きない。不思議な味だった。私は夢中になってスープを飲んだ。

スープを飲みながら、私はなんとなく祖父のこと、祖父が死んでからのことを思い出していた。深夜、母に起こされてタクシーで病院に行ったこと。祖父の死亡時刻と私の出生時刻がぴったり同じだったこと。拾骨の、あの部屋の空気。喉仏。祖父の骨。

あんなに嫌っていたのに、母は葬式で泣いていた。嫌いではなかったけれど、私は泣かなかった。なぜだろう。

それ以来、祖父のことを思い出すとき、あのスープのことも一緒に思い出すようになった。

また会いたいと、また飲みたいが、一緒になってやってくるのだ。

「つははは！やめてやめて。つはははは！あ〜。あい。アキです。お空、空車、空気の空でアキ。満足、満車の満でミチル。で、空満。そうそうつはは庄司智春みたいなね。どっちも名前っぽいんよな〜そうそう。

そうね。だからもう……え〜、……もう、そうね、もうちょいで、10年。ここにいることになるのか。東大路と御蔭通がぶつかった、ここ。ここだし。あと大枠で。大枠でっていうか、ここ、京都に。長いな。居すぎたし、もう、ちょっと、動き方がわかんなくなってるし、うん。っていうか動くつもりがいまはないっていうか、な〜、うーん、動き方も、いや動き方っていうか、その想像がうまくつかめない?わかんないし。まだまだ、もうすこし、それがいつなのか、わかんないけど、でもここに、いるつもり。いるつもりですね。す〜げえいやなこともやるせな〜いこともたくさんあるし特に行政はクソだが、まあ、しかし。うん。なんだかんだで末永く、ここでやっていこうと思ってる。

で、ここ。へへ、ここ。この、お店。アキの空から取って空珈琲って書いてスペースコーヒーっていうここのいちおう店主で、ようやく1年。1年、もったなあって感覚がとってもつよい。しんどかった。でも、楽しかった。あっという間って気もしてるけどね。たのしい。重かったり、軽かったり、しんどかったり、楽しかったり。そういう波、うん波だと思うな。波でしかなくて、それに乗るしかなくて、いつまで乗れるんだろうって。つはは、思ってる。ます。ああ……えっと立ち上がっていいこれは立って、あそうじゃあ、よっ……。……………………………………つしょいしょいしょい、よっと。つへへごめんごめんそうそうこれね。これ書いたのイタルくん、あイタルくんっていう、あの、サンボンの同期だね。そうイタルくんっていう、そういう、繋がり、繋がって、知り合った子がいま、そうそうここの2階に居候というか、まあ一応家賃ぽいのもらってるけどうん、うんめちゃくちゃ、いちまんごせ1万5000円だね。わたしに払って。住んでるんだけど。イタルくんが勝手に書いたんだよねこのこれ看板にさ、これ黒板だから。そうそうそう上手いよね。いや上手いんだけど。ちょっとよく、よくわかんないけどまあ上手い、あまりにも収まりが良いからなんか、飛び出せ宇宙のカフェインて、なんかそのままにしてるけど。はは。いやよくないんだろうな。いやどうなんだろ。べつに消しても、いやイタルくんに言うけど消しても、まあいいだろっていう、あれですね。でもGoogle Mapのレビューにこの、ここ、看板の写真とかあって、宇宙のカフェインてなんやろねっていう。でもな〜。……うんうん。なんかね。悪ふざけとチャームは紙一重じゃないですかたぶんたぶんね〜、たぶん。つははそう、っていう、これは看板でした。つはは。んね〜〜〜〜〜〜〜〜〜〜〜〜あっはっは、なんかね。……そうそう。京都ってね、なん、なんかそう、学生と観光客と僧侶の都市だから。つはほいやほん、ほんとにそうそう。うん。いやそうで、そうなんですよね。いや雑だけど。そんなことはないよ。そうも思ったりするけれど。でもやっぱり、ね、実感、や実感か?というかなんというかそうだなんか、卒業、大学を、のときにとくに思ってたんかな卒業いち、1年目までかなでも。うん。思っていて。なんかレイヤー。レイヤーって言っていいんかな。わからんけどさ。大学入って、出て、みたいなころまではさ、学生と観光客と僧侶の都市、っていうレイヤーにいるから、その外、外?そうそうあはは。3次元であるところのわたしたちが4次元を認知できない〜みたいな。なんかあるよなそういうの。それと一緒なんかも。別に卒業してから、そのあと、いま、が以前より高次元の世界ってわけでもないんやろうけどさ。でも見えてくるものもあるわけ。学生と観光客と僧侶の都市だったところから、見てるもんがぶあー変わって、いまは別の都市にいるわけ。別の京都にいるわけ。つはは。入る前とかはね。大学。またもっと別のレイヤー。京都で〜学生生活〜ひゃあ〜ようわからんけどひゃあ〜っていう。なんかね。でもほんとさあ!みんな。みんなっていうのは、わたしの、当時、当時っていうか友達が、まず卒業と同時に、さ。わ〜て、わ〜って、大阪東京神戸、神戸はそんな多くないや、でもそう、大阪東京神戸〜、とか、地元〜、それぞれの〜、とか、あとねそうね、コモドとかはそれこそだけど海外とか。そう。京都に残った人もさ。機をうかがう、うかがっていたんだ、ろうな、ろうなっていうかまあそうそう。っはは。そうね。すこしず〜つさ。ひょいひょいとひとりひとりいなくなっていき、ね。だいたいそれでそうね〜なんか、卒業して何年だ？3年？え〜〜……と4年目？なのかな？それくらい経つとさ。っていうかいまとかさ。ずっといるのとかわたしくらいかな？みたいな。ね。うんたぶんそうで。わたしだけなんですよね。ほ〜んとね。ほんとに。あははいやいやわかってるようそうそ。もうひとりふたりいますね。いますよ。

イントネーションはかなりそうでしょう。中途半端なんですよねえ〜つははは。高校までずっと地元の埼玉にいたし。こっちいてもそんなばっちばちに変わることなんてなくて。イントネーションくらいで。がっちがちにはならんね、言葉。すきだな、でも、京都弁。京言葉って言わんと怒られる、いや怒る人もいるって、きくけどわたしはまだ出会ったことない、ないそういう人、でも、あ、いや出会ってるんやけどなんか、言わんだけかもね、わたしにね、それはね、なんかあるかもね。

太陽カフェもなくなったでしょう?でしょう?って訊いてもわからんか。いやわかる?そっか。まあけっこう前だけどね。んね。うわっそうそう〜!げんざえもんもさ、漫画定食の、そう、げんざえもんもさ、なくなったし、村屋も場所変わったし、変わったの、変わったんだよ〜そうそうそう!そうなの。で、なんやつけな。ああ……。いやあ大川寺っていうね、おおかわでら、って書いて、だいせんじ、ってね、あの～出町の、出町柳のさ舛方商店街そうそうあそこのね、なんか突っ切って乾物屋とかあるあたりの斜向いだったかなそこの、はいはいそうそうそこの、2階にね、あっはは！いやごめんなさい。ふふちょっと思い出していろいろ。そこのね2階に大川寺っていう酒場があってねコウタさんていうね、占い師兼寿司職人兼プログラマー兼落語家兼ドラマー兼DJふふ兼兼兼たくさんあってそうそうっていうコウタさんって人がねいてね。コウタさんがそうその、やってった。そこも潰れちゃったし。まああそこは潰したって感じだけどそれにしても。いろんな。潰れて。なくなって。そういうの。わたしひとりで受け止める、おおげさだけど、受け止めるのはしんどかったなみんないなくなってから。そう。みんなの中にはさあ〜、こう、学生時代っていうパッケージに入った、きらきら、そのままの京都、カギカッコつきの京都、がずっとあってそこから、うん更新されてへん、京都がずっと、そこからのままで、それをなぞるようにして、なんかたまに答え合わせ、答え合わせかな?まあそんな感じでたまに、観光客として京都にくる、もどってくるでしょう、でしょうっていうか、くるの、みんなは、でも、わたしは、わたしの京都はいま、ここ、この、京都だから、カギカッコつきの京都を、わたしは、うん、パッケージにしないっていう選択、選択って言えるほどあれじゃない大それた大したなんだ、なんだ?ああそうだレイヤー。

そういう選択をして、レイヤーを移動したのはわたしだから。そこに悔いもなんもないけど。でもたまに、羨ましくなる。羨ましさともまた違うんかな。冷たくなる。自分が。いま自分こわいな、って思う。たまに京都にくる、ともだち、みんなに、たまに京都で会うとき、こわいな。こわくないかなってこわくなる。時間が、レイヤーが、もう、違うから。かなしかったときもうんあったもちろん、けど、うーん、うん、いまはなんかそんなん言ってられんみたいな。1年。いやあ〜〜〜〜〜1年か。続いたなあ！つふふ。京都の珈琲、珈琲っていうか、きっちゃ、喫茶の流れ、ブームとかではなしに、まあなんかゆるっとした時の流れ、代替わりのようなもの?は、なんか、すこしずつ移ろっている感覚はあるから、うん〜なんかね。うちはどちらかと言うとほんとはあさ〜い、うん、すっぱい珈琲を、もちろんわたしが好きっていうことなんだけど。ま〜、すこしずつですね。焙煎の勉強というか〜練習というか〜研究というのか、もしたいと思っているし、っていうかしないとここで立ってる意味ないって最近は思い始めていて、わかんない。焦りもあるのかもしれない。いまは完全に仕入れた、あの、焙煎された状態の豆を使ってるってだけだから。いずれはね。うんうん。いかんせん浅煎りは。っへへ。なんかそうそう浅煎りはなんか、けったいな、っふふけったいなって普段使わんけど。な〜んか、なんだろな。しゃらくさい感覚。気取りが拭えん感じあるから、でもなんか、そんな、もっと、う〜ん、がぶがぶ飲んでいい感じのね。

もっと。そう。やっぱり自分が美味しいって信じてる。信じるものは。信じたいじゃないですか。うんうん。あはははは！もうちょっとかかるかもな。すこしずつですね。

元気かな。っていつも思ってる。いっつもは嘘。それは嘘やわ〜ごめんごめんつははは！イタルくんはなんかねえ、あっ今日はいないうんうん。なんか、バイトの面接とかで、うん。そ〜〜出るんかな。ね。わたしは別にいつでも、いつでもっていうか、いたいだけ居ればいいよって感じ。わたしはわたしでここじゃなくて。住んでる場所あるし。そんなん。ね。いいけど。出たいのかもね。貯めて。そう。なんかね。苦しいのかもね。見守りたい苦しさだよね。残酷〜あはは。

……っふうう〜〜〜〜。え？　いやいやあはは。一息で言ってやろうと思って。いくよ〜。ヨシノ、アダム、カジ、エマ、サガミ、へーこ、とーこ、サンボン、アキ、イモリ。……あとついでにコモドも！　っははそうだエマあんた卒業式のとき王将で貸した金返して〜。いま思い出したわ。はい終わり〜！　終わり終わり。ふふ、元気でな。元気じゃなくてもいいけどな。あはは。でも元気でな」

琥珀

［純喫茶・琥珀］

〒603-×××

京都府京都市北区××××××××××××××△△△-○

TEL / FAX

非公開

〰〰〰〰〰〰〰〰〰〰〰〰〰〰〰〰〰〰〰〰〰〰〰〰

〔いけず先生〕

昼夜天候季節問わずかぶっている、つば広のストローハットがとっても似合うおじいちゃん。

つばが広すぎて、ストローハットが、ちょっとおっぱいっぽく見えるときがある。おっぱいハットと密かに呼んでいる。心のなかで。ひそかに。

プロ雀士らしい、とか、元精神科医らしい、とか、全国各地に土地をいくつも持っているらしい、とか、愛人が8人いてそのうち日本人は2人しかいないらしい、とか、左頬の傷痕はとあるメジャーリーガーと木屋町の酒場で大喧嘩のすえ刃傷沙汰になったときについた、とか、比叡山で修行経験あり、とか、一時期ラーメンライターをやっていたらしい、とか、ジョジョとカイジとゴルゴとワンピースの元ネタ、とか。そうかも……から、んなわけ……まで、さまざまな自分語りや噂話をこれまで聞いてきた。

「腎臓はな、台所のスポンジと一緒。油もん、酒、塩、たくさん取ったら水がぶがぶ飲まんと。スポンジも使い続けたらくたびれてしおしおんなるやろ」

TEL

075-××××-××××

Address

〜〜〜　〜〜〜　〜〜〜　〜〜〜　〜〜〜　〜〜〜　〜〜〜　〜〜〜

｛植前さん｝

大阪のＩＴ系企業で「ばきばき」働くサラリーマン。

部下に、「ばきばき」のゲイが何人かいて、いろいろと教えてもらっている。

おおげさなオノマトペをたくさん使う人。

ばりばり。ばきばき。ぼっこぼこ。ぶっつぶつ。ぱっちぱち。ぐっつぐつ。どんどこ。わんさか。ばくばく。がんがん。どんどん。どさどさ。じゃぶじゃぶ。さつさか。つったか。ちゃーちゃー。ぱるぱる。

ばきばきにゲイ、はほんとどうかと思う。しらんけど。

琥珀歴はかなり長い。といってもいけず先生のほうがだんとつ長い。

「ここのナポリタンは俺んとって大切なわけよ、ほんまに」

TEL

080-××××-××××

Address

京都府京都市左京区××××××××××××××1-18-14 エトワール×××

×608号室

〔濱口さん〕

フリーのカメラマン。

宣材用の物撮りからポートレート、風景写真、結婚式、なんでもござれ。林間学校の付き添いカメラマンをしたこともある。肝試しでお化け役。暗がりでおどかしながらシャッターを切るのは楽しかったとのこと。

琥珀には20年ほど通っている。

ねずみ顔。いつもタブレットかノートパソコンがテーブルに置かれている。

「20年通ってもデカい顔できひん、ここは」

TEL
080-×××-××××

Address
京都府京都市北区××××××××××××× 28-45 ハイツ××××
201号室

〜〜〜　〜〜〜　〜〜〜　〜〜〜　〜〜〜　〜〜〜　〜〜〜　〜〜〜

〔池戸さん〕

ライター。「いかがわしい雑誌」で「いかがわしい記事」を書いているらしい。しゃべるときとそうでないときの差がはげしい。すなお。やさしい。アロハシャツをアロハシャツっぽくなく着こなす。いかしている。

趣味は山登り。山で飲むコーヒーと、下山したあとのビールがたまらんとのこと。飲みに誘われたい……！　こちらから誘うのはなんだかはばかられる。

「いいかげん覚えてくれよ。うそうそ。ブレンドとフレンチトーストおねがいします」

TEL

Address

〜〜〜　〜〜〜　〜〜〜　〜〜〜　〜〜〜　〜〜〜　〜〜〜　〜〜〜

﹇渡辺さん﹈

ジャズをとにかく聴いている人。

人と話すときに目を合わせようとしない。

演劇人がほんとうに嫌い。過去になにかあったんだろう。

だから、KYOTO EXPERIMENTの開催期間中は、とっても（いつもより）不機嫌。

「演劇人はアホ。アホやし、演劇について語るやつもアホ。だから嫌やねん」

TEL

075-××××-××××

Address

京都府京都市中京区××××××××××××××××××1-26-2-1003

〜〜〜〜〜〜〜〜〜〜〜〜〜〜〜〜〜〜〜〜〜〜〜

〔ミキさん〕

祇園四条で働く女装家。

池戸さんの友達。実家が兵庫にあって、たまに畑仕事を手伝いに行く。

収穫シーズンはたまに野菜をおすそわけしてもらう。安納芋おいしかったな……。

女装歴はかなり長いみたいだけど、病気的な治療?をはじめたのはほんとうに最近らしい。

今生は注射だけで我慢する。とのこと。

「ここで突然泣きだしたり涙ぷぁ〜ってなってても、そっとしといて。だから先に言っとくけど、ごめんね、ありがとう」

TEL
090-××××-××××
079-××××-××××
Address
京都府京都市左京区××××××××××××××××5-4-30××荘
2F

〜〜〜〜〜〜〜〜〜〜〜〜〜〜〜〜〜〜〜〜〜〜〜〜

〔蔦じい〕

舞妓さんが大好きなかわいらしいおじいちゃん。

コーヒーゼリーをかならず注文する。

「きれいな子を撮るとな、ブレんねん絶対」

TEL

〜〜〜　〜〜〜　〜〜〜　〜〜〜　〜〜〜　〜〜〜　〜〜〜　〜〜〜

｛一汰くん｝
シャイボーイ。
佛教大の教育学部を卒業して、いまはフリーター。
プロレスサークルに入っていたらしい。怪我が原因でイップスになってしまったとか。

アキさんの知り合いでもある。ここを教えてくれたのもアキさんとのこと。友達？先輩後輩？関係性不明。

本人は気がついていないだろうけど、一汰くんが来るとなぜかそのあと立て続けにお客さんが入ってくる。

店が混んできたり、こちらが慌ただしくなってくると、スッと帰り支度をして申し訳なさそうに帰っていく。シャイな招き猫。

「いつも飲み物1杯ですみません……。あっ、美味しかったです。ごちそうさまでした」

TEL

Address

〈内藤さん〉

演劇関係？・映画関係？の人。

悪い人ではないのだけど、渡辺さんがいるときは要注意。ナチュラルにケンカを売ったりする。

煙草を1日5箱（１００本!!?）吸う。

ものすごい音の咳をする。

「煙草？・煙草はほんとやめといたほうがいいよ。うますぎるから。吸ったことある？・」

TEL
080-××××-××××

Address
〜〜〜　〜〜〜　〜〜〜　〜〜〜　〜〜〜　〜〜〜　〜〜〜　〜〜〜

{アキさん}

左京区でカフェをやっている。

お店の2階に居候を住まわせていて、居候は小説家志望。いけず先生で慣れているからすんなり信じてしまっているけど、ほんとうか？

たいてい、夜にひとりで来て、とてもしずかにお酒を飲む。

不規則な生活が得意らしい。

目の下のクマがすごいけど、クマが似合う人だな、とも思う。きれい。

たまにミキさんと同じテーブルに座ってぽそぽそ話していたりする。

「うちはここまで長く続けられるかな」

0081

TEL

075-××××-××××

080-××××-××××

Address

京都府京都市左京区××××××××××××××26空珈琲

京都府京都市左京区×××××××××××18-44 エスポワール×××

×204号室

おめでとう

まず、米粒が浮く。

その次に、キャビネット上でテレビが横滑りして畳に落ちる。みそ汁が、アジの開きが、納豆が宙に浮き、本棚からは本、タンスからは秋物の洋服がパタパタと飛び出してきた。今年もまた、はじまった。

私はふよふよ浮いている米粒を箸でつまんで、一粒一粒口に入れた。米粒は舌に触れると砂糖に変わり、唾液と混じって飲み込むころにはケチャップになっている。

姉は座布団の上にあぐらをかいてキャッキャ笑っている。バンザイをするように姉がゆっくり両手をあげると、その動作に合わせてちゃぶ台が浮き上がり、くるくる回りだす。その遠心力でちゃぶ台の上のリモコン類は畳に落ちるが、そのころにはすべてのリモコンがチョロQになっている。

「おかあさーん。はやく、ロウソク」

台所に立つ母の背に向かって言う。言っているそばから私の足も畳から離れて、浮き上がってきた。醤油差しの注ぎ口からとぽとぽ醤油が出てきて、空中で数字になる。「23:58」。そろそろだ。はやくしないと。

「ごめんごめんおまたせ。おまたせ」

母がやってきて、いちご大福にロウソクを突き立てる。突き立てたと同時にロウソクに火がつき、姉が浮き上がり、母が浮き上がり、ちゃぶ台の回転に合わせて茶の間に存在するすべての物体が空中で旋回し始めた。醤油の数字が「23:59」になる。オーケー。あとは、待つだけだ。

私は茶の間をぐるぐる旋回しながら、いつまで経っても赤ん坊のままの姉を見つめる。

姉と私は、母の言葉を信じるならば、卵子だけがひとりでに細胞分裂を繰り返して生まれた、双子の姉妹であるらしい。だからうちには父親がいないのか、と幼い私は納得したけれど、もしかしたら、ただの与太話なのかもしれない、とも最近は思っている。

醤油の数字が「00:00」になる。ちゃぶ台がスピーカーのように振動して、それが音になる。音楽になる。バースデーソングだ。「ハッピバースデートゥーユー♪」。ちゃぶ台から鳴り響く歌声はなぜだか私の声に似ていて、毎年むずむずする。部屋の電気が消え、姉は近くで浮いていたいちご大福を手にとって、息を大きく吸い込んだ。

「ハッピーバースデー!」

私と母がせーので言う。

姉の息でロウソクの火が消え、部屋は暗闇に包まれた。さっきまで浮いていたモノたちが、一斉に重力を取り戻し、畳に落ちる。

そろそろ、梅雨明けだな。暗闇で、畳の感触を頰に感じながら、私は外の静かな雨音を聴いている。

バスタブ

身体中の倦怠感で眼が開き、肩までかかっていた布状のビニールを半ば反射的に剥ぐと、目の前に、というか四方に弾性のありそうな真っ白い壁があって、夢、夢の中、白い、狭い、……。なにも考えていないに等しいふやけた思考と意識をしばらく漂わせてから、そうか、ここはシャワールームか、と思い至る。ここはシャワールームで、私はビニールプールみたいなポータブルタイプのバスタブの中で眠っていて、そしてここはコモドの家だ。頭が重い。筋肉痛のような全身の怠さは首筋をゆっくりとのぼって頭を鈍く締めつけていて、私は四肢を引きずるようにして三角座りをする。仕事が終わって、事務所の鍵をかけて、歩き出そうと身を翻したところでコモドからメッセージが来て返事を送り合っているうちにコモドが電話をかけてきて、週末だしまったりしよしよいいねいいねみたいな流れになって、でそのまま電車を乗り継いでコモドの住むアパートへ向かってコーヒー飲み飲み仕事の愚痴たらたらで長居してしまって、移動手段が徒歩orウーバーになって、どうしようかな……、と思ったり言ったりしていたらコモドがキッチンから買い置きのカルフビールやら貰い物だというボトルワインやらを出してきて、そのまま、それから。ええと。

「　」

「　　」

じっと頭を巡らせているうちに、シャワールームの外からかすかに声が聴こえてくる。だれか来ているのだろうか。それとも通話かなにかだろうか。人がいるような気配はないから、通話かもしれない。コモドの、やわらかい、アジア人にしてはハスキーな声と、粒の大きい快活な男性の声が聴こえてくる。

コモドとはカフェやバーで何度も会ってきたし、そのたび昨日みたいにだらだらとお互いのことを話してきたけれど、私はコモドのことをなにひとつ知らないままなのかもしれないな、とふと思った。知らないまま、バスタブでうずくまっている。ふふ、と息が漏れる。いまコモドと話している人は、友達なのかな、パートナーだったりするのかな、それとももっと別のなにか？

身体を再度、柔らかなバスタブの底面に沈める。守られているような気持ちになりながら、白い壁／バスタブの側面を見つめる。

「…………わは、へーそうなんだ。もういいのね。えっとなに、なにからだっけ、あ、土井です。っへへ土井です。フルネーム？の方がいい？じゃあ土井美郷です。名前そのまんまで呼ばれることってほとんどなくて、親もみーちゃんだし。なんか機嫌悪いときとか怒られるときはみさと呼びだったな。ドイちゃんとか呼ばれることもあるけど、あ、友達にね、あるけど。だいたいはコモドって呼ばれ、ふふ呼ばれてます、ね。ふふふヘンなかんじだなあ！友達が知らん人に紹介するときもコモドって言ってる、言ってた、言ってるから、ほんとだいたいそう。由来、いやあ由来ひどくて、小学、3年忘れもせんわそのとき、クラスにディポっていうやつがいて、いやあだ名なんだよね、なんでディポなのかは忘れちゃったなあ知ってたっけな。アリは覚えているかもね。由来とかね。わからんけど。で、えーっと、で、まあディポ、いて、ディポすげえ意地悪で、…………」

暗闇に眼が慣れていくような感覚で、徐々にコモドの声がはっきりと聴こえるようになってきたけれど、日本語で話しているらしく、どんなことを話しているのかまではわからない。話し相手の声もわずかに聴こえてきて、耳馴染みのない相槌で言葉少なにコモドの声に応答しているのがわかる。相槌って不思議だ。ほとんど無意識に発する類の言葉、というより鳴き声に近い喉の震えなのに、言語圏によって母音も子音も発音も変わる。

それからまた、しばらくして、電熱コンロをいじる音が聴こえる。水道管を水の流れる音がして、シンクに置かれたマグカップに流水が当たる。その音でまた目覚める。ずいぶんと寝心地のいいバスタブで、なかなか起き上がれずにいるうちに二度寝してしまっていた。もう通話は終わったようで、コモドが、コモドの一日をはじめようとしているのがわかる。

バスタブに響いてくる音から私はコモドの生活を思う。ここはひとりだ。私もコモドも、わかりやすくひとりとひとりだ。それでもこうしてだれかの声が、音が聴こえてくる限り、私はひとりでも大丈夫なのだ。たぶん。おそらくは。きっと。

朝にしては夜っぽい感傷に流されそうになりながら、そうだったそうだった、と思いながら、私は身体を起こす。眠い。日が沈むまでバスタブで寝ていてもいいような気がしてくる。そしたらコモド、困るだろうな。あくびを噛み殺しながら、バスタブをまたいでシャワールームを出る。私は、私の今日をはじめる。

ハイカラ

サンドイッチ作る。サンドイッチ食べる。サンドイッチなくなる。サンドイッチ食べたい。サンドイッチ作る。サンドイッチ食べる。サンドイッチなくなる。サンドイッチ食べたい。サンドイッチ作る。……。

「が、この1ヶ月続いた」

画面におばあちゃん、おかあさんの顔があって、映っていて、おばあちゃんは笑って、おかあさんは心配そうに苦笑いしている。

「あんたそんなパンの人だったっけ」

「いいねえ。ハイカラなお母さんになるよ」

それで、おかあさんには「ごはんの人だったけどなんかパン目覚めた、最近」と応えて、おばあちゃんには「ハイカラって言葉、いいね。ありがとう」と応えた。わたしたちはZOOMで繋がっている。

「それであんた今日もサンドイッチだったの?」

心配そうだ。おかあさんは心配するのが得意だ。

「うんそう、パンの上に海苔とスライスチーズ、その上に焼いたししゃも、でその上にパン、サンド。美味しかった」

「ハイカラだねえ〜」

今日のおばあちゃんはやたらハイカラって言う。離れていてもZOOMでこうして話せる、会っているかのように振る舞える、その圧倒的な視覚情報につられてハイカラという単語がおばあちゃんの脳裏で蠢いているのか、単にハイカラという言葉にハマっているのか。おばあちゃんくらいの歳になっても、なにかひとつの単語に鋭敏にハマったりするものなのだろうか。だとして、わたしはそうなれるのだろうか。

「それは朝？昼？」

「お昼。っていうか朝食」

「ちゃあんと3食にしたほうがいいよ」

「昼なんだよ、起きたらもう。わたしの朝は昼なの」

おかあさんの止まらない3食奨励に応答しながら、わたしはどんどん煙草の口になっていった。吸いたい。でもふたりの前で吸ったら、めんどうくさいことになる。おかあさんは怒るだろうし、おばあちゃんは切なげな顔をするだろう。それとも、ハイカラねえなんて言ってくれるのだろうか。ハイカラなお母さん。ハイカラなお母さんってなんだ。そもそもお母さんになれるのかもわからない。なるつもりは、いまのところ、ない。

「それで昨日の夜はなに食べたの」

「だから〜、サンドイッチだよ」

「あんたほんと大丈夫なの〜……」

「劇薬むさぼってるわけじゃないんだから」

「なんだったの具は」

「昨日は〜。昨日の夜は、鮭焼いて、身をほぐして、それをパンの上に乗っけて、その上に刻んだディル、マヨネーズ、黒胡椒がりがりして、その上に湯がいたほうれん草てきとーに切って乗っけて、サンド」

「お魚たくさん食べるのはいいことだよ。いいお母さんになるよ」

「ハイカラでいいお母さんになれるかな」

「あっはっは。なれるよ〜」

「あんたしょっぱい味付けの魚ばっかじゃないの。大丈夫なのほんとに」

「大丈夫だよたぶん大丈夫だってもうほんとに」


そうして数回の再接続を経て、ZOOMでの通話を終えた。立ち上がって、大きく伸びをして、最近YouTubeで見つけた肩甲骨周辺のストレッチ動画を思い出しながらやって、「たばこ煙草タバコだよほんとに〜〜〜」と歌うように言いながらキッチンに行って、ずっと我慢していた煙草に火をつけた。

それが自宅待機最終日のわたしで、サンドイッチはもう作っていない。わたしの喫煙は後日、ZOOMでの通話中にあっけなくバレて、おかあさんは思ったより静かな反応で、おばあちゃんはやっぱりちょっと切なそうにしていた。わたしはサンドイッチの話をした。もう作っていないけど。嘘だけど。おばあちゃんのハイカラが聞きたかった。ハイカラね、とうれしそうに言ってほしかった。言ってくれた。
切ない顔で。

現実逃避への入口（16歳 高校生）たまに読むもの（35歳 歯科助手）作り話（21歳 大学生）リズム、メロディー、ハーモニー、どれでもあるもの（24歳 ローディー）ねむくなる（9歳 小学生）めくるもの（21歳 大学生）隣人愛（78歳 自営業）なんだかんだでコスパ良し（19歳 大学生）私には縁のない代物でございます（81歳 専業主婦）敵（23歳 無職）想像しなきゃいけない（12歳 小学生）それがわかれば読んでいません（40歳 塾講師）ドラマ以上映画未満（17歳 フリーター）娯楽（27歳 会社員）誰かの頭の中と外（21歳 飲食業）出入り自由なパラレルワールド（48歳 会社員）歩きながらは危ない（14歳 中学生）いつもはじめまして（45歳 テレワーカー）人生の俯瞰（30歳 理学療法士）知らない人に出会うこと（22歳 大学生）すきなひとがすきなもの（19歳 浪人生）背筋と心と眼にくるモノ（24歳 鉄道員）アンダーグラウンド（15歳 中学生）人間用CSS（27歳 ノマドワーカー）自分よりひどいやつがいる（25歳 公務員）ハリー・ポッターとダレン・シャン（30歳 保育士）僕が死んでも残り続ける（39歳 旅人）たいくつ（8歳 ガキ大将）何度もなぐさめてくれた（15歳 中学生）必ず誰かに読まれる（52歳 元自衛隊員）写真のように切り取られた脳内映像（20歳 専門大学生）Amazonいつもありがとう（29歳 エロゲ絵師）一生追いつけない理想の自分（21歳 役者志望）インスタント神さま（19歳 時計技師見習い）だいたい、ほんとうのこと（30歳 ベビーシッター）半沢直樹（41歳 運送業）しらない（38歳 会社員）辞書ではないもの（23歳 Vtuber）教えてくれないし教えてくれる（18歳 高校生）書き込めないな（33歳 宮大工）長い（16歳 高校生）積んでおくもの（29歳 薬局店員）稲垣足穂（13歳 中学生）最後はポジティブ（30歳 無職）まあまあ、そんなむずかしいこと言うなよ、って（27歳 質屋）また会いたいなって思う人が増える。会ったこともないのに（40歳 服飾業）

結婚式

　だいたい2時間くらい前までは楽しかった。それまではいたって普通だった。普通で特別な挙式だった。俺はこの日のためにスーツを新調したし、新調したスーツを北脇と鶴見にしっかりと茶化された。北脇と鶴見のスーツもパリッと糊が効いていたし、北脇は在宅SEで、普段滅多に着ないスーツに落ち着かない様子だ。鶴見もきっとこの日のためにスーツをクリーニングに出したのだろう。俺たちは身なりの清潔さに浮かれ、はしゃぎ、同じゼミ内で付き合ってそのままゴールインした新郎新婦そっちのけで盛り上がっていた。鶴見は時折ハンカチを目にあてていた。俺たちはそれも茶化した。うぇ～い鶴見い。

　そんな茶化し茶化されはしゃぎはしゃがれが続いていたから、俺たちは会場のどよめきにしばらく気がつかなかった。最初に気がついたのは北脇だった。なんだあれ。北脇が新郎新婦の座る方向をあごで指した。それで目を向けてみると、高砂の脇に細長いテーブルがいつの間にか設置されている。卓上にはハンドミル、ドリッパー、ペーパーフィルター、サーバー、ケトルが置かれていた。たしかに、なんだろうあれは。そういうサービスじゃね。どんなサービスよ。司会進行役の女性スタッフの声がスピーカーから聞こえてくる。さあここで、お待ちかね、新郎新婦による、ウエディングコーヒーの抽出です！は？と北脇。なにそれ、と鶴見。動揺する俺たちを置き去りに、会場内は待ってましたの大喝采。新郎、勇人さまゆかりの抽出方法、ハンドドリップで、新婦、楓さまゆかりのこのコスタリカのシングルオリジン、中深煎りの豆を、さあ、勇人さま楓さま、お手を取って前へ！勇人あいつコーヒー好きだったっけ。楓とコスタリカになんの縁があんのよ。さあ……。会場内はあたたかな空気に包まれている。だれかがすすり泣いている。ケトル沸騰！司会進行役の号令に従い、勇人と楓は手に手を取ってケトルのスイッチを押した。固唾を呑んでケトルの沸騰を待つ来賓の面々。コーヒー豆を開封する勇人、ハンドミルに豆を入れる楓、ハンドミルを回す勇人、ドリッパーにペーパーフィルターをセットする楓。俺たちはなにを見せられているのだろう。静かすぎる。それからだいたい2時間。会場にいる何十、何百の来賓に、一杯一杯、入魂の共同作業を抽出し終えるまで、俺たちはこの場を去ることができない。鶴見の元へ、ようやくコーヒーがやってきた。濃い藍色の釉薬が艶めかしい光沢を放つマグカップを厳かに手に取り、ちびりと飲む鶴見。美味しそうだ。俺もはやく飲みたい。

ブルー

多くの場所、多くの場合において、人々はブルーだった。ブルーな人々の中にはホワイトもいて、ブラックもいて、イエローなんて人もいた。多くの場所、多くの場合において、人々が求めるのはグリーンだった。グレーをときおり好み、ときおり忌み嫌っては、より多くのグリーンを求めた。それなのに、多くの場所、多くの場合において、グリーンは目減りし、目減りするにつれてグリーンを求めるブルーの声はレッドになっていった。ブルーなシルバーの増加も深刻だった。多くの場所、多くの場合において物事が多層化し、複雑になっていく途上で、べージュやピンクの役割も移り変わっていった。数少ないゴールドな人々は、数多くのブルーな人々を見て見ぬ振りし、グリーンを切ったり貼ったりし、ブラウンの髭剃りで髭を剃った。そんなあるとき、ブルーな人々の一部が、自らをレインボーと言い出した。レインボーは多くの場所、多くの場合においてブルーだったし、ホワイトで、ブラックで、イエローだった。多くの場所、多くの場合におけるブルー同様、グリーンを求めていたし、グレーなことを少なくない場面で強要され、それはレッドなんじゃないか、と思えるような場面であっても、そのグレーさ故に黙殺されることが多くあった。レインボーの中にはゴールドもいて、そういう人は自身がレインボーであることを隠そうとしたり、逆に声高に主張したりもした。多くの場所、多くの場合において、ブルーは困惑していた。レインボーって、何色なんだ？

昨日

昨日（4月1日）はサクラコ（仮名）がずっとわたし（人間）の部屋（3階建アパートの3階角部屋1K7畳）にいて、だらだらの延長線上でじゃれたりはしゃいだり（アマゾンプライムで仮面ライダーアマゾンズを1シーズンぶっ通しで観たりキムチ鍋を作って食べたりお互いがお互いのSNSに吸い寄せられたり煙草を吸ったり仮面ライダーアマゾンズの笑えるシーンをとびとびで観返したり）しているうちに眠れないまま朝（6時）になって、朝（6時）というか今日（4月2日）になって、サクラコは帰って、昼前（11時）から昼下がり（13時）まで2時間ほぼ強引に眠ってからスドウ（仮名）と大学（通っていた大学）で待ち合わせて、まるで目的が定まらないまま2時間ほど左京区（大学のあたりから郵便局のあたりまで）を歩き回って、高野橋から鴨川に降りる緩やかな坂道の途中にある小さなカフェで、川路を歩く犬（シェパード、プードル、ビーグル、柴犬、プードル、ラブラドール、ボーダーコリー、柴犬……）とその飼い主ひとりひとり（男女女男こどもこども女）、いっぴきいっぴきに注目しながらコーヒーを、スドウは紅茶を飲んで、出町柳のホームセンター(D2)であらゆるペットのためのあらゆるペットフード、あらゆる肥満体のためのあらゆる健康器具、ツーバイフォーの木材、ハトメパンチ、座布団、文房具、生理用ナプキンとタンポンとおりものシート、を添削するように見回って、百万遍の居酒屋(のら酒房)でビールを飲んで、スドウを下宿まで見送って、わたしは自転車(白のGIANT)を隙あらば手放し運転して部屋に帰って、今は吐き気をもよおしながらこの文章を書いている。吐き気の理由、原因、はわからない。ひさしぶりにこういう文章を書いた(書いている)からなのか、寝不足(不規則な生活リズム)からなのか、お酒(中途半端な飲酒量)からなのか、そのどれでもないのかはわからない。京都にいること。東京へ行くこと。最近のこと。昔のこと。未来のこと。すきなひと(すきかもしれないひと)のこと。そもそも人をすきになるということ。性別のこと。仕事のこと。ほかにもたくさん書こうとしていたこと。考えようとしていたこと。を、だからわたしはすべて放棄してこの覚え書きとする。記憶のひだに指を入れてふしふし動かすことは仄かな快楽だから、いっこいっこいつかしよいつかしよ思い出そうとしてみたり、思い出せなかった部分は放っておいたりして、ふしぎなほど、とにかくあたまがいたく、喉の奥から下腹部にかけて浮遊感と異物感がある。きもちいい。おやすみなさい。

永谷園

伏子《ふしこ》は眠れない。眠れないことを伏子は嘆かない。サメのぬいぐるみを枕元に置いて、目を瞑って、四肢の力を抜いて、しばらく経っても意識が退かないとき、

伏子は潔く起き上がる。ベッドから降りて、スリッパを履いて、キッチンへ向かう。眠れないときは永谷園、と決めている。ケトルに浄水を充填して、よどみないフォームでスイッチをいれる。キッチンに置いてあるヘリノックスのアウトドアチェアに腰を下ろして、伏子は今日、久々に顔を合わせた会社の後輩を思い出す。家に籠もりっきりのあいだ、後輩はなにかに取り憑かれたように、もしくは目覚めたように、サンドイッチばかり作っては食べ作っては食べしていたらしい。いみわかんないくらいすべてを包んでくれるんですよ。気づいちゃったんです。とは後輩の談だ。伏子さんはありますか、過激にひとつのなにかを食べ続けたこと。後輩にそう訊かれるまでもなく伏子の頭には永谷園の三文字が浮かんでいたが、どうだろ、とはぐらかした。伏子の、永谷園に対しての想いを知っているのは、姉の平子だ

けだ。永谷園の、あさげ、お茶漬けの素、それらのCMに登場する、味噌汁やお茶漬けをシンプルな背景と荒っぽいカメラワークのなかただただ貪るように啜り喰う男が、伏子の初恋相手であり、いまもなお揺るがない理想の男性、ひいては理想の人間像なのだった。CMの男がお茶漬けをがつがつ食べているそばで、黒電話が鳴り続けている。その黒電話のダイヤル部分に、油性マジックで「ただいまお茶漬け中」と書かれた紙を叩きつける男。伏子はそのCMを初めて観た翌日、初潮を迎えた。ケトルの温度が上がってきた。常夜灯だけをつけた仄暗いキッチンで、伏子は自らを抱くように、臍の前で腕をクロスさせて縮こまる。やってくる。やってくる。永谷園がやってくる。ビデオテープに録画し、DVDにダビングし、パソコンに取り込み、YouTubeにアップロードし、継ぎ足し継ぎ足しの秘伝のタレのようにソフトを変えハードを変え観続けてきた永谷園のCMの男が、伏子の身体にやってくる。ケトルの中のお湯はふつふつと動き出し、伏子は立ち上がり、炊飯器を開ける。常夜灯に照らされた湯気の奥に、眉間に皺を寄せながら白米に喰らいつくCMの男の姿が見える。

ヘクトパスカル

ＪＲ総武線千葉行に乗って市ヶ谷を過ぎて浅草橋を過ぎて錦糸町を過ぎて本八幡を過ぎて、過ぎて過ぎて西船橋、に、着いて、降りて、改札を出て、北口を出て右手にある低層ビルに入って切れかけの蛍光灯がちろちろと点滅する階段を降りて貸しスタジオの扉を開けるまでの時間、考えるともなく考えていたこと。たとえば。たとえばだ。気圧が株で、ヘクトパスカルがお金の単位だったとする。低気圧の日は1株あたりの値段（ヘクトパスカル）が安値だ。だからこのときに気圧株を買っておいて、高気圧になってからその気圧株を売り飛ばせば、差額分のヘクトパスカルが儲けとして手元に残る。そう、低気圧は買いのチャンスなのだ。そして高気圧は売りのチャンスなのである。ここまで大丈夫ですか？

「たぶん大丈夫じゃないし、疲れていますね？」

受付で会員証を出して鞄をロッカーに預けて貝原さんとＤスタジオに入ってドラムスティックを握るまでわたしは貝原さんに向かってべらべらと口を動かし続けていて、だから疲れていて、今日は気圧が低い。

「疲れているし」

「ですよね」

「大丈夫じゃないんですけど」

「はい」

「それは仕事の話なので、だから大丈夫で」

「はい」

「あたしゃ今日もやる気です」

「よっしゃー」

　じゃあシングルストロークからいきましょか、と貝原さんが言いながらメトロノームのスイッチを押して、BPM50、55、60、65、すこしずつ速くなっていく。速くなっていくのは案外かんたんで、そこからまたBPM50に戻っていく、遅くなっていくのがむずかしい。貝原さんにあんな話するんじゃなかった。気圧計の波線のイメージがBPMと重なる。気圧が上がると身体もラクで、下がるとしんどい。速くなるのはかんたん。遅くなるのはむずかしい。いや、上がるにしても下がるにしても、速くなるにしても遅くなるにしても、急激なアップダウンはそれ自体しんどい。身体が、リズムが、とまどう。一緒。いや一緒ではないんだろう、たぶん。ダブルストロークも終えて、チェンジアップ。すこし休んでから今度はアクセント移動を速いテンポや遅いテンポで。緩急を意識して撥先の軌道がおろそかにならないように。そのあたりでもう気圧のなんやかやは意識から外れていて、流れる汗、呼吸、メトロノームの電子音、貝原さんが言葉少なにフォームやリズムや呼吸の乱れを指摘してくれるときの声色や口調、そういうあれこれと、そういうあれこれだけがいま存在しているこのDスタジオの、それだけで完結している時間に、ずっといたい。ずっとは言いすぎた。でも、もっといたい。

「なんでしたっけ。気圧が株で気圧株をヘクトパスカルで、あれ」

「いや、もういいんです。ほんとに。ごめんなさい」

レンタル時間もあと5分ほどになって、特に片付けるものもないわたしたちは、Dスタジオを出て自販機でC.C.レモンを買って、貝原さんは南アルプスの天然水を買って、ぐびぐび飲みながら、壁に寄り掛かるようにして話していた。

「いやいや謝らなくても。低気圧が買いなんでしたっけ」

「きくなあ貝原さん。もしかして気圧投資にご興味がおありで……?」

「ありますね。ところでヘクトパスカルと日本円のレートってどうなっているんですか」

「それはちょっと、ダウを参照しないと」

「東証にも問い合わせないと」

「証券の話をしてるわけじゃないのに」

わたしと貝原さんの付き合いは長い。といっても、友達とか親類とか仕事仲間とか、そういった感じの付き合いの長さではなく、なんというか説明に困るのだけど、貝原さんは元書店員だ。わたしが生まれてからいままで、いっとき離れたり疎んだりしながらも結局はいまの住処としているここ、西船橋の、駅南口から原木ＩＣの方面まで7～8分歩いたあたりにあった中規模書店、ブックス・ホークアイに、わたしが中学生だったころから、5年ほど前まで、貝原さんは店主としてお店に立ち続けていた。ホークアイは、原木ＩＣのすぐそばという立地条件から、中～長距離を運転するドライバーが利用客の6割、地元の利用客が4割、といった塩梅だったようで、だからなのか、雑誌類の棚がやたらと充実していた。漫画雑誌の棚ひとつをとっても、週刊・月刊の、見覚えや聞き覚えのあるものから、西船近辺で手に入れるとしたらここかAmazonか、といったようなマイナー漫画誌や、そのバックナンバーまで棚差しされていたのだった。そして貝原さんと数人のアルバイト店員のいい加減さ、というか仕事の回らなさも相まって、ほとんどの雑誌がなんの梱包も結束もされず、されていたとしてもモラルの欠如したお客さんの所業によってそれらが剥がされ、立ち読み放題になっていた。わたしも、高校時代は『楽園 Le Paradis』『コミックビーム』『IKKI』の最新号目当てに足繁く通っては立ち読みにふけっていたので、貝原さんにとっては疎ましい存在だったのかもしれない。その罪滅ぼしというか感謝のしるしというか、みたいな心持ちで、単行本や参考書などはなるべくホークアイで買っていたのだけれど、やはりそのころから、もしかするともっとずっと前から、すこしずつすこしずつ経営は傾いていたのかもしれない。5年前の夏にひっそりとお店は閉まり、いまホークアイがあった場所はボルダリングジムになっている。お店をたたんだあとの貝原さんは老人ホームで介護の仕事を始め、その老人ホームのスタッフにバンド経験者がちらほらいたこと、貝原さんも学生時代は軽音サークルに所属していたことが重なって、駅前の貸しスタジオでスタッフたちとセッションをしたり、ひとりでスタジオに入って個人練習をしたりするようになった。ホームの出し物でスタッフたちと演奏したりもするらしい。そしてその貸しスタジオの入っている低層ビルの、入り口の重いガラス扉に貼られた「ギター、ドラム、コントラバス、エレキベース、ヴォーカル、キーボード、ゴスペル、DJ。当スタジオでは多様なレッスンを多様なスタッフが、初心者の方から経験者まで、ひとりひとりの習熟度に合わせたカリキュラムで実施しています！　生徒絶賛募集中！　詳しくは当スタジオ受付まで！」の紙を、今日みたいな爆弾低気圧とそれによる仕事中の凡ミスで爆発しそうになっていたわたしが棒立ちで眺めていると、個人練習終わりの貝原さんがホクホクした雰囲気で扉を押し開け、つま先が扉にぶつかった拍子で体勢が崩れたわたしはガラスに額を強かに打ち、よろめきながらその場から数歩後退し、貝原さんはぺこぺことわたしに謝ってきたのだった。それが、わたしたちの、新しい、はじめましてのはじまり。

「週1。隔週とかでも、なんでもいいんですけど。一緒にスタジオ入りませんか」

「なにかやってるんですか」

「いやまったく。いや、リコーダーとかいまでも吹けますよきっと。ピアニカもいけそう」

「えっと」

「あ、三矢田です」

「あ、はい、三矢田、さん」

「リコーダーとかピアニカとかはいいんです。そんなのはよくて。貝原さんがやっていることの、そのすごい初歩の初歩みたいなのを、わたしもやってみたいなあと」

「ドラムを」

「ドラムを。はい」

「それは、僕が三矢田さんにドラムを教えるってことですか」

「そうかもしれないし、そうではないかもしれないです」

「はあ」

自分でもよくわからないことを言っているなあと思ったのだけど、わたしは貝原さんと遊んでみたくなったのだ。この人と、この些細なきっかけで、友達みたいになれたら愉快だな、と直感的に（もっと言うと、偏頭痛によるやけっぱちの人懐こさで）思ったのだ。あの日、扉の前で鉢合わせて、瞬時にお互いが「もしやこの人は」と思ったあの日、わたしたちはふたりで、西船橋駅の北口から南口に回って、原木ＩＣの方へ歩いた。歩きながら話した。

「あなたのことは覚えてますよ」

「でしょうね、って何様だよって感じですけど、でしょうね」

「そうですね」

「ごめんなさい、立ち読みばかりで」

「いいんです。そういう人たちへ抱く愛憎みたいなものも、仕事の一部になっていたので」

「やっぱりあったんですか、憎」


それにしても、返す返す失礼というか、悪い意味で無邪気なわたしである。

「そりゃ。お金だし。でも」

「でも」

「……」

「でも？」

わたしたちは元ホークアイ現ボルダリングジムの目の前にいた。

「気圧の変化で体調が変わるのは、鳥も同じらしいですよ」

「はあ」

「コーヒーゼリーって、実は世界的にかなり珍しい食べ物らしいです」

「コーヒーゼリー……」

「日本にしか存在しないし、海外で、コーヒーゼリーと言っても、通じない」

「へえ」

「どんな国へ行っても、です」

「はあ」

「来週火曜はどうですか。スタジオ」

「えっ火曜。えっスタジオ」

「火曜が駄目なら、木曜でも。ちょっと時間がまだ読めませんが」

「えっ、あ、火曜。だいじょうぶです」

「よかった。そうしましょう」

貝原さんのそのときの表情を、わたしは思い出す。


スタジオの料金を割り勘で払って（結局教えてもらっているのだからわたしが全部出しますよ、といくら言っても貝原さんは聞かない）、わたしと貝原さんはいつものように、低層ビルの前で手を降って別れた。小さなバスターミナルを抜けて、コンビニやバーやキャバクラ、キャバレー、いつまでも猥雑さの抜けない西船橋の駅前を、客引きの兄ちゃん姉ちゃんを、強い意思でもってずんずん通り過ぎて、焼肉屋のダクトから排出される焼けた肉のにおいに空腹を募らせながら、どんどん細くなって、人もまばらになって、暗くなっていく道を歩く。偏頭痛が数時間前より和らいでいるのがわかる。スマホを取り出して、気圧アプリを開く。明日は売りだろう。歩く速度も速いだろう。

カーセックス（13）

このままどこまでも行こうよ、とコミナミが言う。クマガイの返事を待たずに、現実的な可能／不可能が意思の可否に影響することはないってどんなときでも信じているよ、とさらにコミナミが言う。それでも現実的に不可能であるがゆえに、このままどこまでも行くことについての異議を唱えるつもりであるならば、と続けてコミナミが言う。いまここで、とコミナミが言う前に、クマガイの左手がコミナミの側頭部に伸びる。コミナミの髪がクマガイの左手の運動でもみくちゃになる。クマガイの左手をコミナミの右手が掴む。クマガイの右手はハンドルを掴んでいて、時速125キロで、ふたりの体温が移動している。

錦松梅

わたしの住む国で、国旗を燃やすことが罪になるような決まりができても、それはあるひとつの現実世界での話なので、例えば別の現実世界、文章の中で国旗は燃える。文章の中でも罪になるのなら、またさらに別の世界で。その証拠に、いまわたしの瞳の中で、旗は燃えている。燃えている旗を宿すわたしの瞳が、わたしの瞳の中の熱に焼かれそうになっても、わたしの瞳は火種としてのその旗を宿し続ける。その火で暖を取ることだってできるかもしれない。燃える旗が、ほろほろと崩れ、細かく砕け、火が小さくなり、さらに砕け、粉のようになり、錦松梅のようになっても、わたしの瞳の中にある、その、旗だったもの、火だったもの、熱だったもの。錦松梅って知っていますか。調べてみてください。美味しいですよ。

光景／後景（4）

「ボウリング行こうよ」

「あんまり得意じゃないって言ってたじゃない」

「いや、そうだけどさ」

「おーいおいこっちだよ」

「ペロ！　こっちよ。あ〜い良い子だねえお〜んよしよしよ〜し」

「いやか？　そんなに」

「なんで今日なのよ」

「今日しかないからだろ」

「休みはこれからもあるでしょうに」

「ペロそれ嗅いじゃだめ。だ〜め」

「ほい。ほれほい、行くぞペロ。ガーター無しにしてやるからな」

「ペロも嫌がってるじゃないの」

「そんなことないだろ。ねえペロ？」

「はいこっちおいで。ははちょっ、はははいはい舐めないでいま舐めないでお〜いやだったねえはいはいはい」

「下ろしてやれよ。歩きたいだろう」

「言われなくても下ろすもんね〜ペロちゃん」

「いこいこ」

「行きませんよ」

「ボウリングはもういいよ。あっち行こう。まだ行ったことない」

「ん～どちたのどちたのペロたん。嬉しいねえ」

「ここらも急に変わるもんだなあ」

「嬉しい。嬉しい嬉しいペロちゃん嬉しい」

「ほらチャイがテイクアウトできるぞ」

「あなたチャイとか知ってるの」

「飲んだことはない」

「あっねえ楓になにか買ったほうがいいんじゃないの」

「ビールとワインと蟹と肉があるだろ」

「もう～そういうことじゃなくって。あっだめよペロ」

「ほらケーキ屋さん、さっき通ったとこにできてたでしょ。あそこ戻って見てみようよ」

「もうちょっとここらへんぷらぷらしたいなあ」

「でも言ってるあいだに時間ないよほら」

「む～んそうだなあ」

「ぱっと行ってぱっとまたこっちきて」

「楓ボウリングうまかったよな」

「行かないよ。ほら行くよ」

「ん。ペロ～行くぞ」

「あちょっと待ってちょっと」

「なんだよ」

「珈琲スタンドもできてるほらほら」

「ああほんと」

「ほらコスタリカだって」

「コスタリカがなんだよ」

「楓もあちこち飛び回ればいいんだよね」

「勇人さんは仕事だろう。それに、それじゃあ結婚した意味ないだろう」

「そんなことないよ、ねえ〜ペロちゃん」

「ほら行くぞ」

「はいはい。あとで珈琲買おうね」

「おれはあれ、チャイ飲んでみたい」

すばらしい日々

たらみのみかんゼリーが食べたかったのだ。ただ、それだけなのだ。

「どしたのそれ」

「ん～いや、あそこの高架下でさ、ダンボールの中に入っててさ、震えてたから」

「から？」

「ん？」

「震えてたから？」

「や～かわいそうじゃん」

自分の眉間に皺が寄っているのがわかる。鼻から息が漏れる。後先考えずになにかを拾ったり誰かを助けたり。それで面倒なことになっても構わない。というか面倒をわたしや周囲の誰かが肩代わりしたり一緒に請け負ったりしていることに気がつかない。あなたにはそういうところがある。
◎◎◎は、あなたの手のひらの上でのんきにウネウネ動き回っている。
「で、どうすんのこの子」

「名前はもう決めてあるんだ～」

「は？」

「ハロー。いい名前だよね。ね、ハロー」

あなたはビニール袋からミルクポーションくらいのサイズのゼリーを取り出して、蓋を剥がしてハローにあたえた。帰ってくる途中で、ミニストップあたりで買ったんだろう。もうすっかり飼う気でいるようだ。

ハローは嬉しそうにキイキイ鳴いている。むかつくけどちょっとかわいい。

「俺思うんだけど、あいさつってしてもされても気持ちいいじゃん？　それだけでこう、気分が上向きになるっていうかさ。ちょっといい日いい瞬間になるみたいなところ、あるじゃないっすか。だから〜、こいつの名前はハローなのです。ね〜ほら、ハローって言うだけで、なんかちょっと、こう、よくない？　わからんけども」

もうすっかりあなたに懐いた様子のハローは、手のひらから腕、腕から肩、肩から背中、背中から脇腹と、あなたの身体の上を這い回っていた。「やめろよ〜」「あ、そこ、だめ……っくっは」とくすぐったそうに笑うあなた。もやもや〜っ。

「それでさ〜、ちゃんと買ってきた？」

「買ってきた？」

「ゼリー」

「ゼリー？　うん、これ」

「わたしの」

「あ」

「ミニストップ。たらみ。ゼリー。ねえ。みかんの。ねえ」

「あ〜」

「風邪薬」

「あん」

「冷えピタ！」

「……」


梅雨入りするかしないかの六月初め、私は季節外れの風邪を引いた。私もあなたも風邪なんて滅多に引かないから、家にはそういった類の備えがなにもなかった（絆創膏もないことに気づいてふたりでちょっと笑った）。だから私は、夜勤明けのあなたにささやかなおつかいを頼んだのだ。風邪薬と冷えピタと、あとたらみ。とくべつ好きってわけではないしむしろどっちかっていうと嫌いなんだけど（蓋を開けるときにたいてい汁がこぼれるし、甘ったるくて）、肉体的にも精神的にも弱っているとき、無性に食べたくなるのがたらみのみかんゼリーなのだ。薬みたいなもので、というかもう薬で、とりあえず弱っているときに体内に入れ続けているとなんだか元気になったような気がしてくるのだった。「入れ続けるなら薬っていうより点滴だよね」とあなたは言うのだが。

「は〜〜ごめんほんとごめん〜！　すぐ！　す〜ぐ帰ってくるから！」と、ハローを身体からひっぺがし、あなたはいそいそと玄関を出た。

私は地方誌の編集者で、あなたは夜勤の警備員で、私とあなたは小学校の同級生で。社会人なりたてのころにちょっとしたきっかけでささやかに再会して、それからお互い暇なときに連絡を取るようになり、だらだらと食事をしたりぼやぼやと遊んだりしているうちに、四捨五入、みたいな感じである日を境に付き合い始め、私の引っ越しを機に同棲することになったのだ。

寂しそうにキュイキュイ鳴くハローを無視し、私はおぼつかない足取りで黒ラベルの空き缶とメビウスを手に、ベランダへ出る。

火をつける前にメビウスの葉の匂いを嗅いでいると、ベランダの真下、アパートの出入口からあなたが速歩き気味に出ていくのが見えた。せかせかとミニストップの方向に進んでいく。「おお、行け行け」と、私はすこし愉快な気持ちになって、タバコをくわえる。

「……そうだ」

このタバコを吸い終わるまでにあなたがここに戻ってきたら。些細なあれこれはひとまず置いといて、今日は一日、おとなしく、病人らしくふるまうこととしよう。

それまでに戻ってこなかったら。

こなかったら、玄関でベロチューだ。

そこそこ屈強な私がこんなにしんどくなっているのだから、わたしの体内で跋扈しているウィルスだって、きっと屈強なはずだ。そのウィルスを、思いっきり、あなたへうつしてあげよう。あなたの身体をウィルスに組み伏せてもらって、そうして、一緒に寝込もうじゃないか。

網戸越しにハローがこっちを見ていた。

「いや、嘘だよ。うそうそ。やんないよ」

向かい風が吹いてタバコの煙が部屋に入りこむ。それを吸ってハローが大げさに咳き込んでいるのを、目を細くしてざまあみろと笑う。部屋の中で流れているテレビの天気予報が、関東地方の梅雨入りを宣言している。なぜか清々しい気持ちでアナウンサーの音声を聞きながらタバコを吸い続ける。アパートの、道路を挟んだ向かい側、私立の小中学校みたいな外観の老人ホームから、音楽が聴こえてくる。しばらく聴いていて、UNICORNの「すばらしい日々」だとわかる。奥田民生を意識しているのか素でそうなのか、のっぺりした声質のボーカルが、「す〜べ〜て〜を〜捨〜て〜て〜ぼ〜く〜は〜生〜き〜て〜る〜」と歌っているのがかすかに聴こえる。わたしやあなたが高校生のころ再結成したUNICORNの、その復活ライブの違法アップロード動画を当時、ニコニコ動画で観たな、と懐かしくなって、YouTubeで検索してみてもさすがに出てこない。久々にニコニコ動画にアクセスして探してみてもヒットしない。消されちゃったか。そりゃそうか。そんなことをしている間にタバコはちびて吸えなくなっていて、あなたはいつの間にか帰ってきていて、ハローはベッドに上がって眠ろうとしていて、タバコが先だったのか、あなたが先だったのか結局わからないまま、私は部屋に戻って、あなたと数秒ハグをする。

色彩

†

「あけましておめでとう」「あけましておめでとう」と、僕たちは口々に言った。

「今年もよろしく、メイジュー」ぽビュー5《ファイブ》が手を差し伸べてくる。

「ありがとう。今年も、うん、よろしく」言いながら僕はその手を握って、ぽビュー5と見つめ合う。手が熱い。僕の熱なのか、ぽビュー5の熱なのか。

「それで」とカンパナ。「これからどうする」

「これが最後のお正月にならなきゃいいけどな」間髪入れずに田中～愛～田中が言ってカンパナに睨まれている。「やめとけマジで。喧嘩も、つまんねーこと言うのも、どっちもやめとけ」歌詞宮《かしみや》１０《てん》葵《あおい》が最後の煙草を咥えながら言っていて、「あんたは煙草をやめなさい」とくぅくがコモン・マザーみたいな口調で言っている。「それに、火は目立つ」

「×××。××××××。×」

背中からモロー・スペースのちいさな声がする。

僕はおんぶ紐を背負い直して、モロー・スペースのおしりをぽんぽんとたたく。「もうすこし。ここまできたよ。もうすこし」なにがもうすこしなんだろうか。よくわからないまま、自分自身を慰めるように繰り返し言葉にする。

「ひとまず今日はここで眠ることとしよう」というぽビュー5の提案に皆が同意し、カンパナによって見張り順と時間配分が決められた。時刻を特定できる装置（アナログ式の腕時計）を持っているのはくぅくだけだったから、くぅくは腕から装置を外して、最初の見張り番である田中〜愛〜田中に渡した。田中〜愛〜田中は暗闇のなか、夜行眼鏡でじっと紙の地図を見ている。「地図にかまけて見張りを怠らないこと」とくぅく。地図から顔を上げないまま黙ってサムズアップする田中〜愛〜田中。僕はその光景をぽビュー5のすぐとなりで座って見ていて、ぽビュー5は、僕の服の裾を掴んだまますでに眠っている。

†

いまから50年ほど前、新型のウィルスが世界中に広まり、パンデミックが起こった。飛沫や接触による強烈な感染力を有し、熱風邪に似た症状を引き起こすが、致死率はとても低い。人々を震撼させたのは、感染者の肌の色の変化、という後遺症だった。熱風邪の症状が収まると、一昼夜レベルの速度で全身の肌が変色してしまう。ある人は黒く、ある人は白く、ある人は黄色。緑、橙、紫、グレー、青。木目調になった、なんて人もいたらしい。黒人が白人に、白人が黒人に、黄色人種が黒人に、白人が黄色人種に、黒人が緑色人種に、……。人間のある種プリミティブな差別感情に対して直截に訴えかけてくるその厄介な後遺症によって、あらゆる人々があらゆる人々に多層的な差別と暴力を振りかざし、国が分裂し、国と国が諍い、紙幣が紙になり、紙が人をさらに壊し、気候変動と世界規模の飢饉で断末魔だらけになった世界で、ワクチンの開発と同時に、肌の色を元に戻すための薬品開発が推し進められ、その途上で、新たな兵器が誕生した。「色彩定着型ゲノム式小型爆弾プリムラ」である。

†

僕たちはみんな、プリムラに被爆した人間の子宮から産み落とされ、施設の中でコモン・マザーに育てられた。だから僕たちは、プリムラによってめちゃくちゃにされたDNAの塩基配列情報のおかげで、肌が無爆色ではない。国なのか、企業なのか、特定の団体なのか、それともゲリラ的に組まれたチームなのか、まったくの個人なのか、どういう人間が、いつ、どういう方法でプリムラを発射するのか、もはやまったくわからない時代になった。なにせネットで誰でも購入できる爆弾なのだ。自作《クラフト》プリムラの作り方を発信しているアクティビストだっている。
僕たちが暮らしていた施設の監視区域にプリムラが落とされて、それぞれの肌がマーブル状の虹色や黒に限りなく近い深緑、くすんだサーモンピンクに変化していくのを見てパニックで暴れ狂う監視員たち、それを監視カメラ越しに見て恐慌を来している管理塔からの支離滅裂なアナウンスを後景にして、僕たちは「情報共有型体液キスマーク」の点滴を腕から引っこ抜いて、施設から抜け出した。

†

コモン・マザーが命名権を行使する前に施設を抜け出したから、僕たちには名前がなかった。僕たちはあくまで「僕たち」だったし、名前なんてなくてもお互いを識別し、呼ぶことはできた（キスマークのおかげでもある）。でも僕たちはもう、おそらく施設には戻らない。あるいは、戻れない。だから僕たちは、ひとりひとり、自分で自分に名前をつけた。人験《じんけん》（人権実験）として発話機能をいじくられているモロー・スペースだけは、モローに代わってみんなでいくつも案出しをして、モローが神妙にうなずくまで何日も名前を考えた。モロー、はくぅくの、スペース、は10葵のアイデア。どこかで、どこかに、名前を書くようなことがあったら、モローとスペースを「・」で分けようよ、と言ったのは僕だ。
モローは僕の背中で何度もうなずいて、その揺れで転びそうになった。あれは、楽しかったな。

†

信じられないかもしれないけれど、僕たちは東京市国から関東連邦へ北上し、関西甲信越連合共和国を跨いでわずか3日で旧京都自治領まで辿り着いた。この島の国境管理はそもそもが杜撰だったし、島内各国の人口減少と高齢化、さらに各地で巻き起こっているプリムラ被害の混乱で、人々の多くは国の用意するさまざまなインフラに対して良くも悪くも依存しなくなっていた。コモン・マザーとの体液接続を切って施設から抜け出してきた僕たちはいろんな意味でわかりやすく人目につく身分だったけど、隠れる場所や移動手段には困らなかったし、勝手に同胞だと思ってくれて、あれこれ世話を焼いてくれる人も各所にいた。東京市国における緑地再建法と畑地支援法によって様々な高層建築が解体され、あるいは解体予定建物にされ、施設の追っ手（いたら、の話だが）や自警団の目が行き届かなくなっていたことも僕たちに味方していた。僕たちは、貿易トラックの荷台に隠れて、緑色人種2世の運転手と一緒に、国を地域を、山を畑を駆け抜けて、通り越して、ここまで来た。

†

「メイジュー。メイジュー」

カンパナに揺り起こされて、僕は僕の肩に頭をのせて眠りこけているぽビュー5をそっと横に寝かせて、夜行眼鏡と地図、それから腕時計を受け取る。

「時間だ」

「うん」

「いいな」

「なにが？」

「順番。お前と逆がよかった。お前の見張り中に、きっと日の出だろう」

「ああ、うん。そうだね」

「代わりに、目に焼き付けてほしい。俺は眠るけど、お前の目は、俺たちの目だから」

「うん。そうだね」

「おやすみ」

「おやすみ」

カンパナはくぅくと田中～愛～田中の間にむりやり挟まるようにして横になって、すぐに寝息を立て始めた。田中～愛～田中が苦しそうに呻いている。僕はみんながそれぞれどんな夢を見ているのか、なんとなく、わかるような気がしている。

†

はじめから、ここへ来るつもりではなかった。あてなどなかったし、ただ漠然と、このちいさな島の、遠くへ遠くへ進んでいけたらと僕たちは考えていた。

「わたしの祖母が、スペースコーヒーっていうお店を旧京都のどこかで最近までやっていて」

関東連邦の国境を越えてしばらく走ったあと、旧国道の脇に車を停めて休憩しているとき、モローの名前を聞いたトラックの運転手が教えてくれた。

「なつかしいな。空おばあちゃん」

†

それで僕たちは、かつてスペースコーヒーのあった場所を当座の目的地とした。どのみち僕たちは、あまり長くは生きられないのだ。当座当座で動いていくくらいがちょうどいい。

†

空の色がぼやけてきた。こんな肌の色をした被爆者を、東京市国で見かけたな。夜行眼鏡もそろそろいらないだろう。僕は肉眼で地図を眺めて、この場所が岩倉川と高野川の合流地点であるということ、僕たちが隠れているこの場所が、千石橋という橋の下であることを改めて確認する。鳥の声、川の音、葉っぱの声、橋の音。カンパナは目に焼き付けろって言ったけど、こんな窪みみたいな場所で日の出を見るのは困難だ。一気に空が明るくなって、僕は、僕たちの目でその薄青色を見ている。かつて、と僕たちは思う。かつて僕たちは、知らなかった。「なにを?」とぽビュー5。「死にたくない」と僕。

軌跡

すべての物語には奇跡《ミラクル》が含まれている。奇跡を運命で型取り、必然と偶然で肉付けをする。奇跡は心臓。運命は骨。必然と偶然は肉や血管や皮膚、そして胃や肺、脾臓などなど。「わたし」と「あなた」が出会う。「あなた」が「わたし」のクラスメイトだったから。「わたし」が「あなた」に会いに行く。「あなた」の実家のインターホンを、「わたし」は押せるから。「あなた」は「わたし」の姉弟かもしれない。先輩かもしれないし、後輩かもしれない。対局相手かもしれなくて、主治医かもしれない。幼馴染かもしれない。甲、乙、なんて書面にそれぞれ記される間柄かもしれない。「あなた」は「わたし」に育てられているサボテンや、犬や、亀であるのかもしれず、「わたし」が「あなた」に育てられたサボテンや犬や亀であることだってあるのかもしれない。「あなた」は、「わたし」が生きる時代、あるいは生きていない時代の、どこにいる？「わたし」は「わたしたち」かもしれないし、「あなた」は、「あなたたち」なのかもしれない。「あなたとわたし」が、「あれ」や「これ」やに出会うことだってある。

ひとつひとつ、肉付けされていく不確かなもの。関係性。心臓や骨。「なぜなら」という道のりを、道筋を、遡行的に舗装していく。そうしてすべての物語が、すべての「なぜなら」のはじまりにたどり着く。なぜなら、「わたし」が生まれたから。なぜなら、「あなた」が生まれたから。なぜなら、この世界が、このように在るから。

……

記憶について語るときの空想を呼び声として、名付けたものどもを追う道筋を歩きながら、そのときどきで思い思いにアンカーを打つ。そうやって、「わたし」は「あなた」に会ってきた。離れてきた。何度でも会って、そのたび手を振り、背を向けて、別れてきた。

……

「わたしたち」には言葉が必要だ。「わたしたち」には声と、声にまつわる適切な質感、量感、ある特定のピッチやフォルマント、言外に定められたある種の抑揚が必要で、サイズの合った衣服やサイズの合った容姿、いくつかの公的な用紙が必要だ。戸籍が必要で、名前が必要で、医療技術が必要で、お金が必要だ。理解者が必要で、援助者が必要だ。感情による歩み寄りではなく、知識と理性による歩み寄りが必要で、制度が必要で、法律が必要で、やっぱり言葉が必要だ。必要なものどもを所有する者どもに紛れて、「わたしたち」はそうしたさまざまを、やっぱり必要だ、と噛み締めながら生きている。「必要な言葉を、声を、衣服を、容姿を、用紙を、戸籍を、名前を、医療技術を、お金を、理解者を、援助者を、知識と理性による歩み寄りを、制度を、法律を、疎まれながらも必要だと思い続け言い続ける人たち」。「そういう人たち」が、誰にも何も言わなくても、言えなくても、簡単には理解されない些事の集積に窒息しそうになっても生きるのをやめようとしなかったり、やめようとしたりしながら、必要だ、必要だ、と喘ぎ続ける日々を戦うその見えなさの一端を、「わたしたち」のなかの「わたし」は怯えつつ背負っている。

いつか抜け出したい。できるのかなそんなこと。

……

こんばんは。

もしかしたらそう思っているのはわたしだけなんじゃないか、と思いつつ書くのですが、とてもとてもお久しぶりです。そして脈絡もへったくれもないのですが、わたしはバイセクシャルだった。バイセクシャルというよりパンセクシャルだったのかもしれない。そんな言葉はどうでもよかった。言葉はどうでもいいけどどうでもよくなかった。

どこまで信憑性のある話なのかわからないけれど、人は、自分に似た顔の造形を好きになる傾向があるのだという。「飼い主と飼い犬の顔が似てくる」のではなく、「飼い犬を選ぶときすでに、人は自分の顔に似ている犬を選ぶのだ」ということ。それに当てはめるような当てはめられていないような状態で話を進めると、10代のわたしはいまの何倍も自分のことが嫌いだった。だからなのかわからないけれど、鼻の潰れた女の子のことを心底かわいいと思っていた。いまもそう。女性に対する「鼻が潰れている」という言葉はわたしにとって褒め言葉で、だから（だから？）当時付き合っていた子の鼻を触ろうとしてよく嫌がられた記憶がある。潰れた鼻を綺麗だと思っていた。鼻筋の通った高い鼻を醜いと思っていた。

それでいまは、いまはというか、男性の顔の造形についてはどうか。鼻の潰れた男性を愛おしいと思うか、というと、そうでもない。鼻筋の通った男性の顔をわたしは綺麗だと思う。それは、時を経て肉体を経て、わたしはわたしを以前より好きになれたということなのだろうか。

わたしはわたしの失ったものを、わたしにいまもないものを持っている肉体を好きになる。いいな、と思う。ポンプのようなふくらはぎを、意思の通った体毛を、とび出た喉仏を、はっきりと主張された髭を、美しいと思う。粒の粗く、ざらつきのある低い声を、好きだ、と思う。

　これは差別の話ではない。と同時に、差別の話でもある。差別である／差別でない、は往々にして表裏一体で、「わたしの、わたしに対する」「わたしの、あなたに対する」「あなたの、あなたに対する」「あなたの、わたしに対する」差別の話とは無関係だし、同時に、関係がある。

　なんの恥ずかしげもなく、そして緊張や衒いもなく思うことなのですが、わたしは、わたしの声を美しいと思う。いい声だな、と素朴に思う。あの、古めのバラエティ番組の罰ゲームに使われるような、他に用途がよくわからない、長くて太い、きしめんのようなゴム。あれがわたしの声だと思う。あの罰ゲームのシンプルさは美しさだとも思う。罰ゲーム受刑者はゴムの片端を口に咥え、もう一方の端を持つ執行者はどこまでも遠ざかっていき、もう限界だ、というところで執行者はゴムを手放す。緊張から解き放たれたゴムは受刑者の口元へと縮んでいく。衝撃。痛みと笑い。ゴムに限界はない。限界はあるが、それは人間の限界より遠い。先に限界を迎えるのはいつも、それを咥える者、それを持つ者。

　声帯手術を受けることに決めた。決めたらとたんに気持ちがすこし軽くなった。わたしはずっとあの強くて美しいゴムを咥えていて、知らず知らずのうちに限界を待っていたのだと思った。持っている、と思っていたものを、実はわたしは咥えていて、それに気がついたときにわたしは、先に口を開けることを決めた。咥えているからといって、受刑者にならなければいけないなんて、それこそお笑いのコードでしかない（あるいは、受刑者と執行者が裏返るのもまた、お笑いのコードなのかもしれない。わたしも、あなたも、日常に潜むお笑いのコードから逃れるのはとても難しい。悲しいことに）。

　忘れたくないから、あるいは、この言葉の意味を薄めたくはないけれどあえてもう一度。わたしはわたしの声を美しいと思う。わたしの声がすこしずつ低くなりはじめたころ、わたしは自分の声をこんな風に感じるようになるとは思っていなかった。直裁なことを言うと、この声のおかげでわたしは[redacted]という可笑しくて愉快で人間しかいないパーティに加わることができた。[redacted]へ来れた。[redacted]で働けて、それで、[redacted]にいる。この声じゃなかったら行けない場所へ、場所に、いまわたしがいるのだとしたら、このさき自分がどんな声になっても、どんなゴムを咥えても、衝撃、痛みと笑い、それらを乗り越えて、乗り越えるというより受け止めて、受刑者になれるはずだ。そう信じている。綺麗事かな。そう思ってるよ。あなたはどう？　あなたの声は、どんなゴムですか。それをあなたは、どこまで伸ばせていますか。

それでいまはこうして綺麗事も書けるようになっているけれど、声帯手術を受けることに決めるまでの、夏から秋にかけての数ヶ月はひどいものだった。栗コーダーカルテットに「夏から秋へ渡る橋」という佳曲があるけれど、この年にわたしが渡った橋のアンカーはところどころが罅割れ、腐食し、ケーブルは風にあてられて不吉な音を立てていた。此岸のアンカーから彼岸のアンカーへ。あるいは、彼岸のアンカーから此岸のアンカーへ。橋を渡っていく、渡っている、渡っていた、そのとき書いた文章もひどいものだけど、それはそれでそのときの本当だとも思っているので、【】で囲ってそのままここに載せます。もう、そろそろ、年の暮れが近いですね。それでは。

【感情が破裂して生きていくためのいろいろが一気にわからなくなり■月からしばらく家に引きこもることにした、というより家から出られなくなった。■月末、出勤最終日、■■。何も考えられない。体が動かない。みたいな状態で、とにかく今日が過ぎれば、という時、レジカウンターの上に積まれていた本の一番上に見慣れない本があった。開いてみた。栗原康『サボる哲学』とあった。ドッグイヤーされているページを開いて読んだ。救われそうな予感があった。

わたしはその本は■■■が置き忘れていたものだ

と思っていた。■■■（奇しくも同じイニシャルだ）が置き忘れたものだったと知ったのは■月の頭、職場復帰を■■日ほど前に控えたときだった。

　夜眠れなくなった。食欲がなくなった。感情が平たくなった。■月の頭、思うところがあって浅野いにお『デッドデッドデーモンズデデデデストラクション』を最新刊まで読んだ。浅野いにお『漫画家入門』を続けて読んだ。漫画を殺すために漫画を描いていると浅野いにおは言っていた。ネットのインタビューを読んだ。YouTubeチャンネルを開設していたことを知った。浅野いにおの肉声、言葉の選び方、テンション、そのすべてが■■■■（大学時代の友人）と瓜二つだった。浅野いにおの作画配信やゲーム配信のアーカイブ動画をエンドレスで流し続けながら生活した。朝も夜も眠るときも。そうしないと眠れなかった。■■■■がうちにやってきて（あるいは、わたしが■■■■の家に行って）、■■■■は誰か友達とボソボソ喋りながらひたすらゲームをしている。その横でうとうとしていく。そういう錯覚がないと眠れなかった。浅野いにおの、漫画ではなく友人にひどく似たその肉声に助けられる日が来るとは思わなかった。

　知らないうちに蓄積していて、知らないうちに耐え続けていた傷の深さに、自分の中の人格というのか嗜好というのかが幼児退行を起こしている気配があった。そのことにも緩く鈍く傷ついていた。アニメ『ハイキュー!!』を全話全シーズン観た。『荒川アンダーザ ブリッジ』を観た。『ヴァイオレット・エヴァーガーデン』を観た。『血界戦線』を観た。『小林さんちのメイドラゴン』と『小林さんちのメイドラゴンS』を観た。その主題歌を何度もリピートした。[redacted]月末は『小林さんちのメイドラゴンS』OP曲「愛のシュプリーム!」以外の曲を聴けない状態だった。「愛のシュプリーム!」があったから自転車に乗れた。[redacted]に行けた。[redacted]に行けた。

浅野いにおの配信動画を再生する合間合間に、違う人の動画を観るようになった。スマブラ日本大会や世界大会常連のプロゲーマーの配信動画の切り抜きを浴びるように観た。[redacted]のロボットを、[redacted]のピクミン&オリマーを、[redacted]のクッパを、[redacted]のポケモントレーナーを、[redacted]のダックハントを、[redacted]のむらびとを観た。眠るときは浅野いにお、起きているときはスマブラ、たまにメイドラゴン。楽しいとか面白いとかではなかった。原稿を見ると吐き気がくるから見ないようにしていた。人と会ったら気持ち悪くなりそうで、配信のゲスト出演を中止させてもらった。申し訳なさがつのる。[redacted]月に予定されているライブで歌えるかもわからないなと思っていたが、ライブは無観客配信になり、規模も縮小され、わたしの出演はなくなった。ホッとする気持ちのほうが大きかった。

そういう日々をしばらく過ごしてのち、栗原康

『サボる哲学』を買って読んだ。なんだか久しぶりに文章を読んで感情が動いたような気配があった。■■■■『■■■■■■■■■』をすこしずつ読み始めた。何度も「■■■■■■■」と出てきた。それから何を思ってか、随分前に買っていてそのままだった乗代雄介『ミック・エイヴォリーのアンダーパンツ』を読み始めた。「序」でラッダイトとトマス・ピンチョンについての文章があり、ラッダイトは『サボる哲学』でも出てきた。毎日すこしずつ、そのまま読み進めていくうちに、いくと、書きたい、と思っていた。思った。読めてよかった。と、素朴に思った。書きたいと思って、そんな元気はまだなかった。浅野いにおの配信動画がないと眠れなかった。

そのままYouTube依存症のようになって、家にいる間中はずっとYouTubeで何かしらを流している、という日々をいま（これを書いているのは■■■■年■■月■■日深夜です）も続けている。■月の頭ごろからはVtuber（特にバ美肉系）ばかりを観るようになって、浅野いにおの助けを借りずとも眠れるようにはなったが眠るのは下手になった。食欲もよくわからないまま。■月の頭に再び原稿と向き合い始めた。そんな感じで、浅野いにおの肉声と、「小林さんちのメイドラゴン」シリーズと、栗原康『サボる哲学』と、乗代雄介の小説と、バ美肉Vtuberの何人かに助けられて、ここに居る。数日前、マインクラフトのゲーム配信で浅野いにおが海外のファンから英語のチャットメッセージをもらっており、そのメッセージに対して浅野いにおは「自分以外は全員敵だよ」とはっきり日本語で言っていた。そうだな、と思った。と同時に、「自分以外は」とはっきり言える人はすごいな、とも思った。自分を味方にできた人のゆるぎなさ。

久我山に良さそうな心療内科を見つけた。ここに行こう、という場所を決めておくだけで、ささやかながら気持ちに「しんどい」以外の容量ができるのだなと思った。中学高校と一緒だった友人に電話で何回か相談をした。とにかく動けるうちに行ったほうがいいと言われた。手遅れになると。「おやすみ」だけでいいから人になにかを言いたくて友達に何度か電話をした。ウィーンに住む友達と通話でアジア人差別についてとトランス差別についての相似点と相違点を挙げていった。舞台美術の職に就いた友人と電話で人権について話した。小田急で人が刺された。メンタリストは「ホームレスはいらない」と言った。「あなたはあなただよ」「あなたはトランスジェンダーじゃなくてあなたなんだよ」「あなたのことをトランスジェンダーだって思ったことはないし、わたしはあなたのことはあなただなって思ってるよ」わたしはトランスジェンダーで、それは思い込みでも考えすぎでも自意識過剰でもなく事実だ。誰も、なにも悪くない。本当にそう思う。ときもある。

接客をする。お会計をする。去りながら隣を歩く恋人の耳元で「びっくりした。女の人かと思った」と穏やかに笑って言う人がいる。それに応じて穏やかに笑い返す恋人がいる。その人たちはなにも悪くないし、わたしはその人たちになにか悪感情を抱くわけでもない。「女の人かと思った」という言葉には、揶揄もおふざけも馬鹿にするようなニュアンスも含まれておらず、ただただ「女だと思った（けど違ったみたい。びっくりした）」という、恋人同士の親密な報告と会話をわたしが見たり聞いたり悟ったりしてしまった事実だけがある。その二人組の会話に善意も悪意もないし、わたしへの攻撃の意味合いもない。ただただ、わたしが「女だと思った（けど違った。びっくり）」見た目と声をしていて、トランスジェンダーだった、という、善も悪もなにもない、ただただそれだけのただの事実。トランスジェンダーという存在の事実だけが悪い。本当にそう思う。うじうじしてるんじゃねえよ。可愛そうぶってるんじゃねえよ。逃げんじゃねえよ。と言う馬鹿。本当にそう思う、と惰性で思う本当の馬鹿。

「ひとり」でいる。「ひとり」である。隣に誰もいないという状態を長らく肯定することができずにいる。話し合いをする。話し合いになるとき、その場にいる人間のうち自分以外全員にパートナーがいるとき、どうしたらいいかわからなくなる。劣っていると明確に思う。価値がないと思う。トランスジェンダーという事実が「ひとり」の無価値を強固にする。「トランスジェンダーでも働ける場所はあなたが思っているよりたくさんあるから大丈夫」「トランスジェンダーっていうある一部分だけを根拠に自分で自分の選択肢を狭めないほうがいいよ」「あなたならきっとどこへ行っても大丈夫」。当事者が別の当事者に言えないことを平然と言う人。知らないから言える絵空事。どうやって働いてきたのかわからない。どうやって元気にしていたのかわからない。どうやって生きていくのかわからない。じゃあ死ね。おう。お前は人から死ねって言われたらはいと言って死ぬのか。わからない。死ね。わからない。殺す。何を殺すために何をするのか、しているのか、がわかれば、「漫画を殺すために漫画を描いている」のと同じような強さで「自分以外は全員敵だよ」と自分の口から強くはっきりと日本語で言えるだろうか。

頭はずっと重い。真っ直ぐ歩けない。眠れない。とにかくお金がないけれど、そして救いもないけれど、「自分以外は全員敵だよ」という友人にひどく似た肉声を聴いて「そうだな」と思ったときのすべてへの諦めとその諦めを抱いたときの微かな感情だけ、それだけをいまはすこしだけ信じて持って生活しているつもりでいる。原稿の書き直し以外で、いちからこの長さの文章を書いたのは久しぶりです。ここまで読んでくださった方がもしいたとして、こんにちは。元気ですか。元気でも元気じゃなくても、明るくても暗くても、傲慢でも卑屈でも、なんでもいいので、そこに「居て」ください。わたしもいまはここに「居る」ことしかできません。なんとかやっていきましょう。全員敵と全員味方は、案外同じ意味かもしれません。】

……

珈琲を淹れる。豆を挽いて、フィルターに落として、お湯を垂らして、蒸らして、注ぐ。濾していく。抽出していく。最初に、濃い、原液のような抽出液が出てきて、それを、そのあと出てくる出涸らしのような抽出液で薄めていく。薄め方によって、味わいが変わる。名前が変わる。濃淡が決まる。奇跡の薄め方によって、物語は表情を変える。どれだけ薄めても、奇跡の気配は消えない。なぜなら。わたしが書いているから。あなたが読んでいるから。わたしが生まれたから。あなたが生まれたから。この世界が、このように在るから。

グリズリー

○

ドッグゲームだ。

○

一軒家、しかも三階建、と言うと、羨ましがられたりすることもあったけれど、実際住んでみると、そんなにいいものでもない。三階の自室に籠もっているときに宅急便が届くと、一階までどだだだっと慌てて駆け下りないといけないし、階数が上がるほど熱気はこもるし、なにより私が住んでいたシェアハウスは一階部分がほとんどガレージだったから、三階建に住んでいるという実感、というか、スペース感、というか、そういったものがなかった。深夜どんなにうるさくしても、同居人だったアダムにしか迷惑がかからないのは数少ないこの家の良いところだけど。だったけど。それは二階建でも同じことだし、私はどちらかというと朝型だったから、必然的に床に就くのも早かった。基本、深夜うるさくしていたのはアダムのほうで、アダムの生活はほんとうに放漫というかもはや茫洋とすらしていて、いつ寝て、いつ起きて、いつ食べて、というリズムがまったくない。なかったし、いまもない。ぼろぼろの私服で木下大サーカスの面接を受けに行ったことのある私に言われたくもないだろうけど、アダムもアダムでひとつの会社に所属してパッチパチにスーツを着てしゃっきり仕事をこなせるタイプであるわけもなく、というかそんなのほんと無理で、大学時代の同期や先輩後輩のつてで映像編集をやったり、銭湯で仲良くなった小金持ちの身辺整理のような秘書のようなことを中~短期でやったり、懇意にしていた教授や事務員の細々とした依頼（引っ越しを手伝ってほしい、知り合いの鍼灸院のウェブサイトを作ってほしい、うんぬん）を受けたりして日銭を稼いでいる。アダムを見ていると、人の縁や繋がりの強固さを感じずにはいられない。人と人との繋がりは、絶対に途絶えない。人が人として生きていく限り、人は人と繋がり続けるし、人と繋がり続けている限り、人はそう簡単にくたばったりはしない。しなかった。

○

（以下、シェアハウスにいまも暮らすアダムと、かつて私の住んでいた部屋で暮らしているイモリを訪ねて、ふたりと飲んだときに書き散らしたもの）

アダム「ヤられたらヤりかえす……愛返しだ！」

アダム「この世界に足りていないもの、それは、わかりにくい愛と、わかりやすいうさんくささ」

なんか言えよイモリ。

わかりにくい愛　カーセックス
わかりやすいうさんくささ　卵の地球
ヨシノの居場所↓卵にきけばいい。パワーズオブテン。

ドッグゲーム。イモリのテンパり癖。

イモリを撮るアダム。もうすでにコモドのパートは撮ってある。コモド？

(以上)

○

「早起きだ」

「そう？」

アダムは姿見に顔を近づけて髪を整えている。

「私が一限行くとき、いつも、寝てるか、そもそも家にいなかった」

「まあ、まあね」

「仕事？」

「うん。奈良の山奥でダンサーの撮影」

「ほお」

「鹿せんべい要る?」

「日本酒〜」

「はーいはい。オッケーじゃあね」

アダムが階段を降りて、玄関の閉まる音がして、私は茶碗に白米をよそう。アダムは焼き鮭の皮がすきで、もはや皮しか食べたがらないから、身の部分は私がいただく。一切れでふたりとも満足できるから、安上がりで結構なことだな、と学生時代思っていた。味噌汁は赤だし。これもアダムの好物で、学生のころから変わらず冷蔵庫に常備してあるお高い赤味噌を勝手に拝借して作った。作ったといっても、お湯に味噌を溶いただけ、みたいな感じだ。

この家で暮らしていたころ、私は料理上手だった。いわゆるレパートリーが多かったり特別おいしいものを作れたり、といった意味での料理上手ではなく、食べ飽きない料理のサイクルを作るのがうまい、という意味で。日々の自炊で大切なのは、美味しい料理を作ることより、簡便で飽きない料理を作ること。作り続けること。どんなに美味しい料理を作ることができても、そこにかったるい工程や調理にある程度の習熟を要する食材が含まれていたり、特別な調理器具が必要だったりすると、人は、というか私は、すぐに作ることをやめてしまう。慣れた食材で、慣れた調理器具で、慣れた味を作り続けていく。慣れることと飽きることは似ているようで違う。むしろ慣れは、飽きないことと繋がっていく場合が多いように私は思っていて、こういう想像をするとき私はヨシノが物理的にそばにいた日々を切れ切れに思い出してしまうのだけど、どうだったかな。私は作り続けていただろうか。

自分自身まったくわかっていなかった過去の自分の言動、気持ちの動きが、いまになって、ああ、そういうことだったのか、と不意に腑に落ちることは、よくある。でもそれは、私が勝手に作り上げたストーリーである可能性は拭えなくて、というか、過去というもの自体が大きなひとつのフィクションのようなものであるはずなんだけど、だから結局、そのとき感じたことは、そのときの自分じゃないとわからない。過去の自分の気持ちを写真のようにもう一度焼き直すことはできない。

ドッグゲームだ。

過去は現在ではない。

○

そしていま、私は焼き鮭をつつき、味噌汁をすすっている。

「ごめんなさい」

太陽みたいな寝癖をつけたイモリがリビングに降りてきた。

「おはようございますじゃない?」

「おはようございます」

「おはよう」

あのー、と、うー、と、あれやなあ、と、ですねえ、が、ごっちゃ混ぜになったような、二日酔いの朝特有の声を漏らしながら、階下の洗面所へ降りていくイモリのやけにしっかりとした背中を、私は黙って見ていた。

○

京都鷹峯《たかがみね》グランドホテルの、部屋という部屋を、イモリは片っ端から清掃していく。朝からおやつ時まで、休むことなく。マスターキーで部屋の鍵を開け、ベッドシーツと枕カバーを剥がし、剥がした分のシーツとカバーを補充してベッドを直し、浴衣と帯紐とタオル類と各種アメニティを取り替え、必要とあらばコンディショナーやシャンプーを補充し、窓を拭きテーブルを拭きベランダの手すりを拭き、ユニットバスの浴槽をピカピカになるまで擦り、掃除機をかけて、部屋の鍵をもう一度閉める。一部屋およそ40分。どんなに面倒くさい部屋でも1時間以上はかけない。感情を殺し、機械のように黙々と、粛々と、ひとつひとつの動作をこなしていくイモリ。

そこはきっと静かで、いつだって一人だ。

シーツを剥がす衣擦れの音だけが聴こえる。

剥がす、捨てる、補充する。一連の動作を繰り返すバイト中のイモリを想像して、私は、まるで生理だな、と思う。胎盤から血液のベッドが剥がれ落ち、排泄され、つかの間の休息を終えると、卵子を着床させるために血液が蓄えられる。未だ見ぬ宿泊客のチェックインを待ち続ける客室はさながら子宮で、イモリたちは生理を促し体内を整える女性ホルモンのようなもの、だろうか。

○

よく知らないお笑い芸人がよく知らないまま有名になって、いつのまにか深夜ラジオのパーソナリティになっていて、よく知らないけど不祥事を起こして、ラジオで謝罪していたらしい。トレンドにはお笑い芸人の名前やラジオの番組名、不祥事の内容などが並んでいて、でもこれも、すぐにまた別のトレンドに置き換わる。

学生時代に三本から借りて、そのまま借りパク状態になっている歳時記を使って、日記代わりに俳句をつくって年明けごろからツイッターに投稿している。ひとまず一年、気楽に、という気持ちを込めて、俳句を投稿するときは「#愉快な一年」というハッシュタグをつけていて、「#俳句」「#haiku」とか、あるいは

「#日記」とか、そういうわかりやすいハッシュタグをつけないのは美意識という名のプライドなのか評価されることやより広く晒していくことへの逃げなのか欲の無さなのかなんなのか。「#愉快な一年」というハッシュタグを使っているのはいまのところ私しかいないらしく、検索をかけても私の俳句ツイートしかヒットしない。歳時記、そういえば貸したままだな、と思っているのかいないのか、毎度いいねをつけてくれるのは三本くらいで、私としては続けるささやかな理由になっていてありがたい。ありがたいし、三本は先輩としての私をどこか神格化しているところがあって、いや神格化かな、もっと違う言い方があるかもしれないけれど、とにかく私のことを先輩だととても強く認識し続けてくれているところがあって、私がなにか制作めいたふるまいをするたびにそれをふんわりと肯定してくれて、ありがたい、ありがたい、と常々思っている。アダム（と、イモリ）の家から北大路通りに出て、白川通りと北大路通りがぶつかるあたりまでを久々に散歩していて、昨夜投稿した「#愉快な一年」が三本にいいねされましたよ、という通知がきて、そのままツイッターを開いたらよく知らないお笑い芸人のニュースがトレンドに上がっていて、特に興味があるわけでもないのにradikoを開いてそのお笑い芸人が平謝りしている回の深夜ラジオを再生しながら、イヤホンで聴きながら、歩いていた。

歩きながら、ヨシノのことを考えていた。という言い方はすこし語弊があって、歩いているときにことさら強くヨシノの声や言葉や手の硬さ背中の平べったさが頭に浮かんだというだけで、ヨシノのこと自体はいつだって考えていて、でもそれもまた語弊があるかもしれなくて、考えていない瞬間だってたくさんある、けれど、人生の総体、大げさな言い方だけど、として、ヨシノのことは、ずっと考えていると言ってもいいと思えるくらい、ずっと考えていて、だから私は歩きながらヨシノのことを考えていた。ラジオではリスナーがリクエストした曲が流れ始めていて、それは私の知らない曲、知らないバンドで、でもきっと有名な曲、有名なバンドで、あなたはぼくの人生の主演なんだぼくが主演じゃないんだあなたなんだということを雛鳥の鳴き声のように歌い上げていた。御蔭通のあたりまで来たところでその曲が始まって、私は信号を渡って、狭い歩道を進んでいった。ヨシノのことを考えるということは、大学に通っていたころのことを考えることでもあるし、その後のこと、いまのことを考えることでもある。大学三回生の冬に、ふたりで夜の大文字山を登った。百万遍をすこし上がったところにあるコンビニの前で待ち合わせて、缶詰やビールやインスタントカメラを買って銀閣寺の方へ向かっていった。どこから登ったんだったっけ。登っている途中で雪が降り出したのを覚えている。それともあの雪は、登る前から降っていたのだったっけ。私はヨシノを、ヨシノは私を、銃で撃ち合うみたいにインスタントカメラのシャッターを切りながら大文字山を登った。クマが出るかもしれないと、私もヨシノも怯えていて、怯えていたのに立ち止まらなくておかしかった。お互いのiPhoneで違うラジオを最大音量で流しながら獣道を踏みしめていった。私もヨシノも、主演でカメラマンで監督だった。クマに怯える無敵のふたりだった。

「グリズリーに出会いたい」

最後に電話したとき、ヨシノは言っていた。その言葉を聞いたときに私の脳裏に浮かんだのはクマに怯えあったあの日あのときのことで、だから私は笑いそうになったのだけど、黙ってヨシノの言葉を待った。

「グリズリー、すごいよ。クマの中でいちばん強くて、なんでも食べるし、なんでも襲う。川も渡るし、木登りもいける。時速五〇ｋｍで地面を駆けることだってできる。ばったり会ったらまず助からない。でもぼくはきっと助かるって思ってる。なぜか。そう思ってる。根拠はないけど。でも根拠なんていらない、とも、思う。……、ぼくはこれから、きっといろんなことを考えて、ゆっくり大人になっていくんだと思う。もう大人なんだけどね。でもそう思う。その途中で、いま、会いたいなあって思ったから、会いに行く。……話しながら、出会いたい、から、会いに行く、に飛躍したけれど。自分に欠けているものを見つけるために、自分の弱さを確かめるために。あるいは、自分の死なさ、みたいなものを確かめるために。そうして自分に足りないもの、欠けているものを、見つけたり、気づいていったりすること。そういうことがしたい。眼や、耳が、かたっぽ欠けた状態を想像して生きることはむずかしいから。命が明らかに脅かされている、そういう状態。不謹慎かな。死にたいわけではないし、死にたかったらこんなこと思わない。すごく、これはすごく恥ずかしいことなのかもしれないのだけど、生きている、とても生きている、ってすごく思いたいのかもしれない、いま」

○

「カジ。例えば。例えばぼくが日本から離れると言ったとき、カジはぼくが死ぬことを考えた?」

「ぼくが車を運転するとき、大学までの道を自転車で駆け抜けているとき、バスに乗るとき、電車に乗るとき、死ぬかもしれないって思った？

でも、きっとそういうことだよ。車を運転したら死ぬかもしれない。自転車に乗ったら死ぬかもしれない。飛行機が墜落したらまず助からない。そういう可能性を何度も何度も知らず知らず乗り越え続けて、いまのぼくが、カジが、あらゆる人の日常があるから」

「たぶんなんだけど。ぼくやカジは、いや、ぼくやカジや……。アダムやエマやアキやサガミ、へーこ、とーこ、サンボン、イモリ。うん。ぼくたちはほかの人よりちょっと、飛行機に乗る回数が多いんだよ。

「飛行機に乗らないと行けない場所があって、ぼくたちは、ただ、そこに行きたい気持ちが、それか、行かなければいけない理由が、強すぎるだけなんだよ。たぶんね」

○

ホテルの部屋でエアコンの冷気を浴びながらイモリはきっと思うだろう。子供はすごい。イモリや他の清掃員が予想もつかないような汚し方、散らかし方をする。掛け布団カバーが鼻血まみれになっていたり、カーテンにお茶をこぼしたり、ベッドの下にありとあらゆるものを隠したりする。

面倒くさい。

でも、イモリはきっと、そういう部屋のこと、宿泊客のことを嫌いになれない。

タイムカードの打刻を済ませ、機械的におつかれさまですを言ってイモリは自転車に乗る。鷹峯の山を猛スピードで下り、車やバイクやバスの間を縫うように進み、一直線に家へと帰る。冷蔵庫に、合挽き肉とキャベツと卵があったはずだから、キャベツは千切りにして合挽き肉と混ぜて炒めて、卵はそぼろにして、丼にしよう。そんなことを考えながら、鴨川を越え、高野川を越え、ゆるやかにまた上り坂へと変わっていく道路に合わせるように、立ち漕ぎでぐんぐん、人を、風景を、映像を、追い越していく。
夕方の疎水は静かに流れている。
ちいさな並木道をハスキー犬と老婆が歩いている。
叡山電車の走る音が聴こえる。
どこかの家の台所の、魚と醬油のにおいが風に乗ってやってくる。

○

御蔭通を下り、東大路通りを曲がってまた北大路通りに戻り、大きく一回りした形でアダム（と、イモリ）の家に戻る。ポストの中にいつも置いてある玄関の鍵を使って家に入ると、ちょうどアダムが風呂から上がって、素っ裸で玄関前の廊下に出てきたところだった。

「あれっ？」

「おかえり」

「奈良のわりには早いね」

「いや、きいてきいて」

タオルで頭をがしがし拭きながらアダムが言う。

「奈良駅着いたあたりで電話かかってきて、出たらなんか知らんオッサンの声で。

ダンサーの父ですー言うからおれもあーはいどうもーって言って、そのダンサーの実家わりとおっきな田んぼやってるらしいんやけど、朝その父親が田んぼ見に行ったらイノシシが稲という稲を食い潰してたらしくて。それ見たダンサーもこれはやばいと」

「イノシシ。うん」

「これは踊ってる場合じゃないぞと。身体にガタがきてる両親になんもかもやらせるわけにはいかんと。で、荒らされた田んぼの復旧に汗水流していたんやけど、必死になりすぎておれに連絡すんの忘れてたんやな。んで、そのダンサーの父さんが、代わりにおれに電話をかけてきたと」

「なんで父さんがダンサーのスケジュール把握してんの」

父さんとダンサーで微妙に語呂がいいな、と、私はなんだか愉快な気分になってきている。

「父さんがそのダンサーのマネージャーみたいなこともやってるんよ。だから文面では知ってたんやけど。声聴いたんは初」

頭を掻きながら、アダムは階段を登っていく。

「赤字」

「お土産は?」

「カジサヤ〜」

階段の途中で振り返り、アダムはニチャッと笑っている。

「大吟醸と純米吟醸、どっちがいい？」

「ひゃ〜そんなことある？」

「うん。どっちがいい？」

「美味しいほう」

「どっちがいい？」

「純米大吟醸〜」

「純米吟醸ね」

私とアダムが日本酒でご機嫌になっているとイモリがバイトから帰ってきて、

リビングでだらだら飲んでいる私たちに流されることなく淡々とそぼろ丼を作って食べていた。

○

その日の夜、アダムとイモリがそれぞれ自室に籠もりはじめてから、日本酒がいい具合にまわった頭でヨシノへ手紙を書いた。

「いま、京都で、私が書いているこの手紙を、あなたがどんな気持ちで読むことになるのか、私にはわかりません。

でも、あなたがきっとこの文章を、とても大切に、背筋をしゃんと伸ばしてまっすぐに、慈しむように読んでくれているであろうことは、目の前に立ち現れてきそうなほどくっきりとしたりんかくを持って、私の脳裏に浮かんできます。

こんなに言葉を尽くして、顔を合わせて、ときには喜怒哀楽やそれ以上の、湧き上がる感情をむき出しにしてお互いと接してきた私とあなただから、もはやこんな形でなにかを伝えようとする必要もないのかもしれません。

それでも私は、あなたにこうして、言葉で、文字で、文章で、それによってにじみ出る態度みたいなもので、伝えたいことがあって、言いたいことがある。ほんのすこしでも、気持ちが伝わっていてほしい。そう願いながら、私はこの手紙を書いています。そしてそういう瞬間が、いちばん、私に、『いま、生きている』と思わせてくれるのです。

あなたはいつだったか、『人と言葉を交わしているとき、いちばん、いま、生きているって思う』と、私に話してくれましたね。私があなたを思うとき、決まってまっさきに思い出すのは、そのときのあなたの澄み切ったまなざしです。物事を、人を、まどわされることなく、自分のからだを使ってまっすぐに見つめようとする、そのまなざしです。あなたが、初夏の京都で、自販機の灯りに照らされながら私にサッカーの話をしてくれたとき、あなたの顔を見ながら思いを巡らせたのも、そのまなざしについてです。試合の流れ、ボールの動き、相手の、味方の、サポーターの声援、それらすべてにまどわされず、ただ一心にコートを見つめ続ける、ボールボーイのようなそのまなざしについてです。

私はあなたのボールを受け取るプレイヤーでありたいし、あなたにボールを受け渡すボールボーイでもありたい。ありたかった。ありたい。どっちだろう。まあいいや。あなたの言葉を、あなたの表情を、私は受け取り、生きていくための血肉にしていけたら。これまでもそうしてきたし、いままさにそうしているし、これからもそうしていきたい。心から、そう祈っています。

梶沙耶より

P.S.
私はまだ、あなたに面と向かって言いたいことが、たくさんある。言っていないこと、言わなきゃいけないことが、たくさんある。

これからさき、それらの言葉を、私がどれだけ自分の言葉として、自分の口から発することができるのか、わからないけれど、
いつかまた、あのときのように話せたらいいなあ、なんて思いつつ、ひとまず筆をおくことにします。

あなたに出会えてよかった。ほんとうに。」

重てえ〜！

読み返しながら、私はひとりでげらげら笑ってしまう。

笑いながら、ヨシノの顔を思い出している。

「グリズリーには出会えそうですか」

最後の行に書き足そうか迷ったけれど、結局やめて、私は手紙を破いてゴミ箱に捨てた。

破り捨てる前にiPhoneで写真は撮っておくあたり、私はほんと、しょうもない先輩ですよ、三本。

○

いた。

「作者、って、おもしろい言葉だと思うんだよね」

手紙を書いているとき、夜の大文字山でヨシノが言っていたことを思い出していた。

「作家と限りなくイコールなんだけど、でも、すこし違う」

山の中腹あたりで私たちはテントを張って、その中でキャンプ用のコンロを出して、おでん缶を温めていた。危険すぎる。テントもコンロも私が持ってきたものので、クマへの怯えや山の寒さ、雪の静けさやカメラシャッターの応酬によって頭のネジがすこしゆるんでいたのだと思う。それぞれの飛行機に乗る前に、私たちは己の愚かさによって死んでいたかもしれないのだ。

そもそも私たちは、どうしてあのとき、大文字山を登ることにしたのだったっけ。

「例えばだれかが、なにかを、作りたい、と思って、なにかを作るかぎり、たとえ作家じゃなかったとしても、そのひとは作者ではあって」

そのころのヨシノは丸坊主で、たしか、自分がなにかを作ること、なにかを作ろうとしていることの意味や必然性を探ろうと自問自答していて、思考が堂々巡りに陥っているころだった。

缶の中でふつふつと煮えるおでんを見つめながらヨシノは言葉を発していた。

「自分は作家なのか作者なのか。作家になりたいのか作者になりたいのか。……

なりたい、じゃないな。作家になってしまうのか、作者になってしまうのか。

……これも違うな」

私はそのとき、どんな顔をしてヨシノの言葉を聞いていたのだろう。

なんて言葉を返したんだっけ。

「作家になれなかったとしても、ならなかったとしても、作者にはなれる。なる。なってしまう。きっとだれしもが、なにかの作者で。そしてなにかの作者であることを、だれしもが忘れてはいけないんだと思う」

手紙をゴミ箱に捨ててから、私は玄関を出た。

卒業後、私がこの家から東京へ引っ越すとき、アダムにお願いしてガレージにそのまま置かせてもらっている黄色いママチャリ、イエローベスパに跨って、「オアシス」まで。

ドッグゲームだよ、統子。

あなたも私も、作者である。

○

登山やキャンプでテントを地面に固定するための杭をペグと呼び、それを打ち付けるための槌をペグハンマーと呼ぶ。日曜大工などに使われる一般的なトンカチに対し、ただひたすらに、ペグを地面に打ち付けることのみに特化したその愚直な代物は、ヘッド後部に用意されたペグ抜き用のフックとホール以外はなんの変哲もないただの鉄槌のように見えるが、ひとたび握りしめ、地面に突き立てたペグに向かってヘッドを振り下ろしたとき、はじめて、使用者に技アリの一打を見せつけてくれる。どんなに踏み固められた地面にも、ペグは吸い込まれるように埋まっていき、ヘッドは使用者の力を極限まで増幅させて、地球の引力とともにペグの頂点に激突する。グリップは吸い付くように手に馴染んで簡単には離れず、持ち手に感じるたしかな重さすら心地良い。

PRO·Cをハンドルに沿わせるようにして、グリップごと握りしめて、イエローベスパを走らせている。

夜の京都で私の身体は風を切る。

水の音以外なにも聴こえてこない。

この世界には、私の知らないことが、たくさんある。

それは言葉にするまでもなく、あたりまえの事実だけど、それでも私は言葉にする。実感しようとする。なぜならあたりまえのことは、あたりまえであるがゆえに、気づきにくいものだから。

「オアシスだね」

「ふふ、そうだね」

一見なんの脈絡もないなにかとなにかが不意に繋がる瞬間。意味なんてなくても、繋がったと思ってしまうようなできごと。偶然。偶発。その中に必然を見つけようとしてしまう心の動き。

ヨシノ。

頭の中で一度だけ大切な人の名前を呼んで、私はハイエースのフロントガラスに、P R O.Cを力の限り振り下ろす。

どこかで犬が鳴いた。

ナビゲーター（四角四面に右往左往）

〈ぴんぽ～～ん〉

……。

……。

〈ぴんぽ、ぴんぽ～～ん〉

……。

……。

〈……プツッ〉

あっす～みませんおやすみのところおやすみでしたよねすみませんほんと。

お荷物、お届けに参りました。え～わたくしども、え、説明委員会の、宇城っす！

川城と申します……。え、も、それはもう、あ、は、そうですね。

お荷物なんすけど、どこ置けばいっすか？

あの〜、けっこう重いんですけど、あ、いえいえわたくしどものお気持ちが、ではなくてですね、あの、お荷物のほう、あ、いやいやわたくしどもがお荷物というわけではなく、あの、おそらくそういうことではなく、このですね、え、カメラでいま見えておりますでしょうか、この……あ見えてますか見えてますよねそりゃはは、は、ダンボールなんですけれど、ああいえもちろんダンボールそれ自体がお荷物というわけでは決してないわけなのでございましてですね、え〜。

川城さんスマホ、

え？

スマホ、鳴ってます。

ああ、ほんとうだ、でも宇城くん、これは鳴っているんじゃなくて、震えているんだよ。

鳴っているようなもんじゃないすか。

説明委員会たるもの、そんな説明ではいけませんね。

正鵠を射る表現が正確な理解に繋がることばかりがこの世界じゃないっすよ川城さん。

ご覧の通り……いやお聴きの通りですかね、この通り相変わらず一向に手八丁にならない口八丁でして……。

口八丁も八丁のうちっすよ川城さん。

八丁がなにかわかってるんですかあなたほんとに。ああいえいえ、そんな、こんなこちょこちょした言葉の応酬をこんな、ね、こんな、マンションの、そこそこ高いこんな、高層のね、マンションの、インターホンの前の、共用廊下エリアの、リノリウムと申しますかね、ちょっと違いますかね、このつるりとした床面の、上に立って、足を踏みしめて、しかと屹立して、カメラ越しに、あなた様に、見せ続けるためにわたくしども、ここへ来たわけじゃございませんからね。

どうしますか。さっき川城さん言ってたっすけど、けっこう重いんすよ、これ。

あなた様がインターホンの通話ボタンを押してくださって、こうして我々は扉に阻まれつつ、阻まれることなく会話ができているというわけなんですけどもね。あなた様がもし、通話ボタンを押してからインターホンのディスプレイ画面を見つめ続けておられるのなら、カメラに映っているわたくしどもを見てくださっているのなら、この状態、この、わたくしどもの息遣いの意味が、おわかりになっているかと思うのですが、この、はっ……、む、この、……ッ、

川城さん無理っすこれやっぱ一旦置きましょう無理す。

あっ宇城くんあっ待って、

なん、なんすか。

そっと置こう。ゆっくり。

……。

……。

……は……ぁっく。

……っすう〜……。はい。はあ。よかった。腰が

……あっすみません、カメラ、見えておりますでしようか。繋がって、見えているということでわたくし続けますけれども。宇城くん？

紙ペラとか言わないよ宇城くん。

紙が、

っす！　え～っとえっとえっと、あぁあったあった。え～、緊急事態宣言下における浮空期男性の特別休暇及び在宅勤務への移行に伴う、諸手続き代理、ないし、基本的生活環境の維持、管理、における、え～諸般の購買行動カッコ当事者の浮空状態によっては例外的に家政代理含む場合ありカッコトジ代理、を、説明委員会、川城、宇城が引き受けるものとする。と、いう、ですね、この紙ペラが、

封書が、

封書が、え～どこからなのかな、どこかから、届いていると思うんすけども、

その、川城と宇城が、

ぼくらってことっすね。

というわけでですね、なにかとロックダウンな昨今、生活上、職務上の困難多き浮空期男性諸氏にはですね、すこしでも安心、安全、快適、享楽的な享楽は言いすぎですねあはは安心安全快適な浮空生活をですね、していただこうというわけで、お国のお声がかかってわたくしども、こうしてブーバーミーツ、あっブーバーミーツというのが先程宇城くんが説明させていただいたわたくしども説明委員会の緊急事態宣言下における業務名、サービス名でありまして、ちなみにブーバーというのは18、19世紀に活躍したユダヤ人哲学者のことでですね、ブーバーとミーツする、そういうわけでブーバーミーツなんですけれど、そういうわけでここに立っているわけでございます。説明とは、説命である。説明委員会には子々孫々、代々、語り継がれ受け継がれてきた訓示がいくつもございます。一寸の説明にも誤謬の魂。これもわたくし、もう20年以上前になりますかね、説明委員の先輩から教わった言葉なのですが、ちなみにその先輩は長城といいまして、いまでは説明委員会を束ねる説明委員長に

どうしますお荷物、印鑑いらないんすけど。

ああごめんなさい、わたくしとしたことが。いきすぎた説明は演説になる。これも長城さんのお言葉なのですが、まだまだ説明委員として未熟極まりな

い存在であることがあなた様にも露呈してしまいました、お恥ずかしい。

ここ置いときましょうか？　でも重いしな。鍵、開けていただければ、玄関までは入れるっすよ。

それにしても、あなた様はたしか浮空期2日目でしたかね。ブーバーミーツはAppleのヘルスケアアプリと情報連携をとっておりますので、あなた様の諸状態は説明をせずとも、ええ。説明させるのではない、説明させていただくのだ。これも訓示のひとつです。説明はわたくしどもの務め。あなた様に説明のお手間をとらせることは決してございませんのでご安心ください。

あ、でも浮空期だから重さは関係ないか。浮かせば重さとか関係ないすもんね。

〈プッッ〉

あ。

あっ。

〈ぴんぽ〜〜ん〉

……。

……。

〈……プツッ〉

……あ、よかった。

よかった。いえ、わかっておりますよ。あなた様が故意に通話を切ったわけではないということは。

ええ、わかっております。それにしても通話という言葉は存外バリエーションに富んだ言葉ですね。

こうして他者と他者が、別々の場所、まあ別々の場所でなくとも通話は可能といえば可能なわけですが、一定の距離を置いて、なにかで遮られた空間、それは途方も無い距離である場合もありますし、窓や扉、衝立や天井、酸素や水、無数の他者、光、なんて場合もありそうですが、そういった遮断を飛び越えて、あるいは貫通して、こうして声で他者と他者が繋がる。繋がって、話をする。通話、とはよく言ったものですし、電話、とはよく言ったものですね。こうして電波を通じてわたくしどもとあなた様はいま、声で繋がっている。少々乱暴なことを言えば、声で繋がっていればなんだって通話なのかもしれません。糸電話、公衆電話、固定電話、携帯電話、トランシーバー、インターホン、パソコン。会話とは通話で、通話とは会話、なのかもしれませんし、もはやそれは人間同士でなくともいいわけです。山びこなんかも、あれは山と人とが、山が人の声を借りるという形で通話している、ということなのかもしれません。シュプレヒコールのようなものは、国や政治と群衆、観客と舞台、そういった大きな存在と多数の他者が声で繋がる可能性をはらんだ手段、瞬間、通話、なのかもしれませんし。そしてそれぞれの通話手段にも細かなバリエーションがある。糸電話といえど、どんな紙コップで、どんな糸で、どんな長さでそれを作るか、によって、声の通り方伝わり方は変わっていくはずです。公衆電話にだってバリエーションがある。どこに設置されているか。駅か。駅だとしたらどんな駅のどんな場所なのか。キオスクの横か、コンコースの隅っこか、改札の脇か、ホームか。コンビニの前か。それはどんな街のどんなコンビニなのか。道の途中、大通りや路地裏。タバコ屋の前。喫茶店や、古びた中華料理屋の店内。空港。海外の公衆電話。それはいったいどういう形で、どういう料金体系で、どういう材質でできていて、どういう色で、どういう重さで、どういう場所にあるものなのでしょうか。固定電話。さまざまな機種。さまざまな機能。携帯電話。ガラケーにもスマートフォンにもいろいろあります。パソコンですとZOOMやSkypeなんかが主流ですよね。MSNメッセンジャーなんてものもありました。LINEやFacebook

Messengerはスマートフォンやタブレットで使う人のほうが多いのでしょうか。トランシーバーで人はなにを話すのでしょう。モールス信号。アマチュア無線機につながれたモールス通信用の電鍵。そしてインターホンです。interなphone。あなた様とわたくしどもがつかの間声と声で繋がる、いま、目の前にある、この装置。しかしinterであるのはいまこの場合あなた様の方で、わたくしどもは外側の存在、extraな存在なわけであります。エクストラであり、エキストラでもあるのかもしれない。Extraphoneというものが、言葉が、あるとして、それはいまわたくしどもがあなた様に向かって声を届けているこの、Interphoneの玄関子機、ということに、なるのでしょうか。ああいえいえそんなことはいいんです。「いきすぎた説明は演説になる」ですね。これはいけない。いやいやほんとうに……。というわけで、ははどんなわけなんだというあなた様の疑問はごもっともですね、というわけで、ああ、そうそう、情報連携の話でしたね。情報連携の話というよりこれはあなた様の話なのですが、あなた様はそのワンピースをずいぶんと大切に、何年も着ていらっしゃる。男性が浮空期にルームウエアとしてワンピースを着用することはなにも珍しいことではありませんよ。ええ。わかります。わたくし川城にも、そして宇城くんにも、あたりまえのように浮空期はやってくる。浮空した身体にとって簡便に身に纏うことのできるュ服はありがたい存在ですよね。浮いた身体でパンツやズボンや靴下やシャツをひとつひとつ身に纏っていくのは面倒極まりない。わかります。ええ。スポッとワンアクションで済ませることのできるワンピース。こんなに安心できるルームウェアはありません。しかしユニクロは、GUは、ライトオンは、しまむらは、PUMAはNIKEはNORTH FACEはpatagoniaは、なぜ浮空期男性用の衣服を作らないのでしょう。浮空期をタブー視する風潮があるからこその説明委員会なのだということは重々承知してはいるのですよ。それで我々おまんまを食わせていただいていることも承知の上です。ですが、わたくしたまに悔しくなります。涙が出そう。出そうに、なります。すみません。どうして説明委員会は日々説明に奔走しなければならないのかと。なぜ説明委員会がこの世に存在するのかと。いったいどういった理屈で我々男性は浮空期について口を硬く閉ざさねばならないのかと。社会で浮遊する男性が無視され続けるこの現状はなんなのだろうと。こうしてインターホンの、親機の前で浮遊しながら、ワンピース姿で、画面越しに、わたくしどもを見つめているあなた様の、すこしでもお役に立つことができたら。説明委員会ブーバーミーツ担当としてわたくし強く強く思うわけでございます。あなた様はわたくしどもが最初のインターホンを鳴らす30分ほど前に起床なされた。ゆっくりと、浮いた身体をベッドからリビングの床へ滑らせるように移動して。まずiPhoneを充電ケーブルに挿し込んで、それからまたゆっくりとキッチンへ向かい、まずコーヒーを淹れた。あなた様はいつも、コーヒーを豆の状態で買って、淹れるときにいちいち挽いている。あなた様は浅すぎない程度の浅煎りがお好きだ。そうしてコーヒーを淹れ、シンクの前に立ちながら、浮きながら、ちびちびとコーヒーを口にふくみ、今日やらなければいけないことをひとつひとつ思い出していくあなた様。明日はビン・カン・プラの日だから溜まっている空き缶、主にサッポロ黒ラベルの350ml缶ですね、それをまとめて捨ててしまいたい、もう玄関脇にはその用意がある、捨てるために昨夜、浮いた身体をさらに浮かせるようにして、浮空期特有の情緒不安定による涙を拭いながら、空き缶をビニール袋にまとめた。それなのに、ああそれなのに、どうしても気分が浮かない。なにもかもが億劫でめんどうくさい。外に出たくない。外に出るためにはこの着古して生地がてろてろになったワンピースを脱いで、最大公約数的平凡な浮空期一般男性ですよって顔して、浮いてますけど浮いてないですよって顔して、1階のゴミステーションまで行かなければならない。わかりますよ。わかりますし、わかっております。情報連携はとれておりますから。ええ。あなた様は思った。ゴミの日は巡る、何度でも、と。今週、今日明日、必ず、是が非でも捨てなければいけない、そなことはないのだ、と。今日はもう、会社から言い渡されていたいくつかの事務的なタスクをこなしたら、あとはもう、眠ってしまおう。コーヒーが美味しい。やはりコーヒーは浅煎りがいい。マグカップを持ちながら、リビングへ戻る。先月末から始まった大規模な耐震工事のせいでベランダには単管とクランプ、工事のための足場が張り巡らされていて、その足場を作業員が行き来するから、カーテンを開け放つこともできない。ドリルなのかなんなのか、粒子が荒く、太い振動音が部屋の中にぎばらららららと入り込んでくる。不思議と

〈プツッ〉

〈ぴんぽ〜〜ん〉

〈……プツッ〉

僕はこの振動音を心地よく思っていた。地に足がついていないからなのか、力強い振動が浮いた身体にすっと入ってくる感覚。自分自身が振動を媒介させているような、アンプスピーカーになっているような。ベッドの上のiPhoneが光っている。昨夜は充電ケーブルに挿さないまま眠ってしまって、朝になったら電池が切れていたのだった。映画や舞台、ライブの公演前、iPhoneの電源を落として、公演後、また電源をつけたとき、溜まっていた通知がぱぱぱ

ぱぱ、と遅れて画面にあらわれる、あの瞬間が僕は好きだ。人間が眠りから覚めたときに似ている。すこし遅れて現実が立ち上がってくるあの感じ、そういう感じが、かわいいな、と思うし、自分が世界に必要とされている、求められているような感覚にもなる。映画の、舞台の、ライブの数時間、電波の世界から消えていただけで、自分が目を通すための通知が溜まっていく。ロック解除や既読を待っているアプリ、待っている人、そういう存在が自分にもいるのだということ。どんな通知だってうれしい。基本的には。マグカップをサイドテーブルに置いて、もう一度ベッドで横に浮く。両手を下腹部のあたりで組んで、眼を閉じる。ハイジかよ、と思ってから、ハイジってこんなシーンあったっけ、と思う。ハイジじゃないなこれは。シンデレラでもない。白雪姫か。姫じゃないな。姫じゃねえわ。いいなあ。姫というか、女はいいな。自分の身体、しかも股間から、血が定期的に出るというのはたしかに大変なことだとは思うけど、ナプキンがある。タンポンがある、専用の下着がある。周期を予測するアプリがあって、女同士で出血の話題を共有できる程度には社会に開かれている。それに比べて男はどうだ。浮空期について男同士で語り合う場なんてまるで用意されていない。浮空期を楽しく過ごすためのほにゃらら、なんてサービスはないし、雑誌なんかで浮空期が特集されることもない。iPhoneが鳴っている。鳴っていんじゃなくて、震えている。Slackの通知で、同係から再来週のミーティング資料が送られてきていた。PDFファイルを開く気になれない。iPhoneを枕元に投げるように置いて、また眼を閉じる。ぎばらららら。ぎばらぎばぎばらららら。気持ちいい。作業員同士のやりとりがかすかに聞こえる。たしかにそれは声だけど、車の走行音やドリルの振動音、なにかが単管にぶつかるカンカンカンという金属音に阻まれて、声ということだけがわかる、ただの音として僕の耳に届いてくる。まあでも。でも……語り合う場、みたいなもの、そういう関係性は、用意されるものではなくて、こちらから用意するものなのかもしれないな。iPhoneをもう一度手にとって、Slackを開く。iPadで見たほうが良かったかも、とも思いつつ、そのためだけにテーブルに置かれたiPadを取りに動くのも億劫だった。弊社Webデザインリニューアル MTG資料というタイトルのPDFファイルをタップして、ざっと読む。ハンバーガーメニューについての項目を読んでいるところでお腹が鳴って、ハンバーガーという字面だけでマクドナルドの気分になっている自分が素直すぎてにやにやした。にやにやしながら自分のお腹を撫でて、注文しようか、どうしようか、と思っているとインターホンが鳴って、僕は縦に浮いてベッドから滑るように降りる。

〈プツッ〉

〈ぴんぽ〜〜ん〉

〈……プツッ〉

インターホンのカメラの前で、川城と宇城は大きなダンボール箱をふたりがかりで持ち上げていて、ふたりはカメラを見つめている。カメラを通して、この部屋に住む男を見つめている。

じゃあ、そういうわけでこれ、ここ、置いとくっすね。

ありがとうございます。またなにかありましたら、いつでも。

っしゃ〜疲れた。川城さんマック行きません？

宇城くんまだ、まだ、あっすみませんほんとに、へへ。それでは、失礼しますね。説明委員会の川城と、

宇城ッした！あざすぅ〜。

名前

タバコ　すってきます

りようかいです

日付書いていくか。手帳?・議事録感を出す。

髪を切る、という行為をもっと掘り下げる。

仮でもスケジュール

ヨシノに写真送る
パンナコッタ作る

誰　おもろいだけじゃ無理（なのかな）

ラミネートフィルムほしいー

なぜ？　を、笑わないツール（道具）

そうやねー

トリプティック。恐竜みたい。

ダンス化された日常の動作。家庭、課程、過程、仮定、花庭、下底、家庭の中での人間の役割、役職、家庭の中での人間のありふれた動作。家庭的なものや、日常的なこと。どれだけそれら「的」を集めても、それは「的」にしかならなくて、字幕のタイミングはどうしてたんだろう。
マイクの存在。つぶやくようなセリフ。
日本日本日本。

【(理想)】

太陽パカッ

〜〜〜　〜〜〜　〜〜〜　〜〜〜　〜〜〜　〜〜〜　〜〜〜　〜〜〜

2012　9/29　最初のミーティング　顔合わせ　だべり〉

【メンバー】ヨシノ、アダム、カジ

【とてもざつなスケジュール】

10/??　映像　玉投げジェネレーション

11/??　テーマ（ワードか？）設定　素材共有　第一制作（&制作第一）と発表・共有

12/??　アダムが忙しいかもしれない　まあヨシノ&カジで　テーマ?・再設定

第二制作と発表・共有

オショウガツ2013

1/??　テーマ再設定　第三制作　発表　共有

2/??　みたいな感じか

日決めて?·曜日じゃないほうがいい?
日にち。日日。日日日日日日日日日日日日日。

【メモ】

「失敗したら旅に出よう」

む↑かおっぽい
や～ん

〈いや、まったく、申し訳がたたない。〉という言葉からはじめる。白い、なにもない空間にどんどん絵を描いていくイメージ。しかも空中に。タバコのネックレスってどうやって作ってるんだろう……

〈2012　10/12　玉投げジェネレーション〉

【メンバー】ヨシノ、アダム、カジ

ただのキャッチーボール、と、お互いの制作についての話。

「もっと遠くまでつれていきたい」

アクロバット飲み会の話。ばかだな。
名前どうしようね、という話。
どうしようね。

〈2012　10/14〉
【メンバー】ヨシノ、アダム、カジ
ビジュアル　身体表現
あくまで、その場で変化している。

直接的なアプローチではない。
形式をずらす。
形態の解体。
学生グループとアーティスト問題。
言いたいことが言えてるかどうか。

観客を舞台に入れたら、マジックショーみたいになる?

今を実感するなら、死後の世界するっきゃない。

大丈夫としか言いようがない。
ドミナント。サブドミナント。
プリペイド・ピアノ。

・退屈→アドベンチャラスな出来事への欲求
・点と線と面と点。
・モノクロだけど身体性のあるような。
・教室だけどすっごいミニマル、みたいな。

・シンプル。質感。
・ウォルター・ペイター「すべての芸術は音楽の状態に憧れる」
・ノーテーション（記譜法）
・「最初のコーヒー」を作った人はだれなのか問題。

〈2012　11/21　発表と共有　アダムがエマを、エマがサガミを連れてくる〉
【メンバー】ヨシノ、アダム、カジ、エマ、サガミ、平子、統子
客（観）なんてほとんどない
正規裏口入学

「最古と最期のアーカイブ」

写真・スチレンボード・浅漬の素・きゅうり・水槽

①生物の歴史は、水を囲うことからはじまった。

②人間が生まれて、最初に自己に染み付くものは名前だ。

③そして、最期に自己から抜け落ちるものもまた、名前だ。

ヴィト・アコンチ、ブルース・ナウマン、フェリックス・ゴンザレス＝トレス↓

「ただそれだけの景色」
島袋道浩、曽根裕、ハワード・フリード

「オペラグラス」
ネガフィルム、キャプション
額の角度が逆になっている。表面には写真orネガフィルム。
天井にあって、オペラグラスで見るような感じだったらいいなー。
ひっくりかえることがでかい。
インダファーストプレイス。

自然→自（みずから、おのずから）、然（しかり）
1800年ごろ、日本に「ネイチャー」という言葉が入ってきて生まれた言葉。
（みずから　能動的）（おのずから　受動的）
名前が固定されたモノから、
別の（新しい）記憶が生まれることもある。

バグを意図しているか。していないか。

【チームの名前】

「視線は距離を超えていく」

コンセプト↓ビジュアル
ビジュアル↓コンテンツ
ばかっぽいけどダサくないのがいいね。

というかこれはチームなのか、どうか。

なんのチームなのか。なにをするチームなのか。

「いい時間がいいよね」

horizon地平線

ew

ニューホライズン

ニューホライズン

チームじゃないのかもしれない

作品制作集団　new horizon（ニューホライズン）

〜〜〜　〜〜〜　〜〜〜　〜〜〜　〜〜〜　〜〜〜　〜〜〜　〜〜〜

〈2013〉

【メンバー】ヨシノ、アダム、カジ、エマ、サガミ、平子、統子、三本

アダムがミツモトを連れてきた。

美術史の授業でペン借りたらしい。っていうかノートも借りたらしい。

もはや全部借りたらしい。何度か。

「真剣に果物屋をめざすチャラい友達」

「本当にニューハーフになりたくて休学した友達」

「ミャンマーペンギン。ミャンマーに行って飛べるようになったペンギン」

・チューリッヒ芸大卒展

ニーチェを読んで、作品を作る。

無意味性、意味性を考える。

つぶしたくない可能性
可能性をつぶさない
本当にそれはそれなのか

「カジ、おまえはな、悪い言い方をすると、ほんとうに悪い言い方をするとだぞ、おまえはなんもできん。でもな、おまえはなんでもできる！」

ひとりよがりじゃない。みんなよがりでいこう。

写真（西洋）…決定的瞬間。自分がエモノをうばいにいく感覚。能動的。
日本（東洋）…こちらが清らかならば世界が開けてくる。受動的。
←
ここにヒントがないか。

五感↓作品↓演出↓イイ、ワルイ↓分析、共通点（目的）↓「ズレ」↓なぜ「ズレ」がおきてしまうのか↓人をメディアにしているから↓記憶、感覚、意識の「ズレ」↓メディアには特性がある↓記憶、感覚、意識の「ズレ」が人（というメディア）の特性↓多様な感覚が共存している（それを共有できるか）↓「ズレ」(バグ)をおこせば共有できるんじゃないか↓目的「人もメディアのひとつとしたとき、そのメディア間による情報伝達のバグ(を、可視化する?・)(それはすでに可視化しているもので、可視化しているが気づかない、あるいは可視化しているからこそ気づけない?)」

バグの逆ってなんだろう。

ワクチン?

三本が課題で書いた小説の冒頭を書き写してみる。

ベランダでは久子が柵に寄りかかってタバコを吸っていた。柵には布団が何日も干しっぱなしになっていてすでに汚いのだが、さすがにタバコの灰を落とされたら面倒だな、と思い、部屋からビールの空き缶を取り、久子に差し出した。久子はうつろな眼でこちらを向き、空き缶を取るかと思いきや空き缶に向かって思い切り嘔吐した。空き缶と空き缶を持つ僕の手はゲロでまみれ、辺りにすえた臭いが漂った。

僕はなんだかどうなってもいいような気分になって、汚れた空き缶を久子に渡して、湿った手をそのままに柵に寄りかかった。嘔吐しても久子の表情や仕草はまったくいつもの久子のままで、僕は感動すら覚えながら、自分のゲロでベトベトになった空き缶を握りしめ、タバコをくゆらす久子を見ていた。

「みんな寝たね」

「うん」

久子が吸っている安タバコの脆い灰が花びらみたいにゆっくり布団に落ちていった。

「小説さ、あれ読んでないでしょ」

「うん」

誰も起きていない部屋では相変わらずミスチルが歌っていた。止めてもよかったれど、なんだかここから動くのも億劫になっていて、僕は柵からずるずる下がってうずくまった。遠くから笑い声が聴こえてくる。外には僕ら以外にも酔っ払った人たちがいて、笑ったり泣いたりしている。

「小説書いてる？」

「うん」

子供の頃、雲は大人たちが吸ったタバコの煙が溜まったものだと思っていた。雲から雨が降るのが不可解だった。小学校で雲と雨の仕組みを教わったとき、じゃあ空に消えていくタバコの煙は一体どうなるのか、不思議で仕方なかった。

「あのさー、カイドウって知ってる？」

「カイドウ? なんで。そりゃ知ってるよ」
「そりゃ、知ってるんですか……」
「あんたさ、給食のとき、カイドウのことおもいっきりビンタしたよね」

誰がモデルかすぐわかる。ミスチル出すの三本ぽいな。

【ざつスケ】

4/20　玉ジェネagain

5/?? 案出し

6/?? 構成仮決定 パフォーミングアーツ等があるならプレか

7/?? フライヤー（告知？）

8/3～ ひたすら制作か

8/中旬　プレ再びか

9/??　会期

10/??　海でも行きたいじゃねえですか〜（寒い海って最高だよね）

〜〜〜　〜〜〜　〜〜〜　〜〜〜　〜〜〜　〜〜〜　〜〜〜　〜〜〜

〈2014〉

ンバー】ヨシノ、アダム、カジ、エマ、サガミ、へーこ、とーこ、ミツモト、アキ、イモリ

去年の作品発表を見たアキとイモリが定例にやってくる。

去年海でドッグゲームやったのよかったね。

ドッグゲームを知っている人と知らない人でわかれるね。アキとイモリは知らない。

・ドッグゲーム

山手線ゲームの要領で、各々の中にある「当たり前のこと」を言っていく。
意外とポッとでない。
でもとっさに出た当たり前がおどろきだったりする。
犬が犬としてこの世界に存在することは、当たり前。説明するまでもない。
だからドッグゲーム。

〜〜〜　〜〜〜　〜〜〜　〜〜〜　〜〜〜　〜〜〜　〜〜〜　〜〜〜

〈2016　3/18　卒業式〉

ンバー】ヨシノ、アダム、カジ、エマ、サガミ、へーこ、とーこ、ミツモト、アキ、イモリ

ヨシノ、アダム、エマ、へーこ、とーこ、アキ、わたしが卒業。
サガミは来週か。違う大学の卒業式って行っていいのかどうか。
いや、行っていいんだろうな。イモリが来ていたから。びっくりした。

ミツモト、イモリが花束を持っている構図おもろい。サガミとは会えなかった。
ミツモトは都昆布をデコッて渡してきた。

イモリは最近練習中のムーンウォークを喫煙所でお披露目。というか無理やりやらせる。

誰も泣いていない。そんなもんか。

式も終わり、みんなも帰り、ヨシノと屋上（体育館の上）あがる。

「人と言葉を交わしているとき、一番、いま、生きているって思う」

いま作っているもの、いま作りたいもの、の話。

作らないといけないものはもうなくなった。卒業したから。課題はもうない。

ても作らなくちゃいけない。

ポラロイドカメラで写真を一枚ずつ撮ってから屋上を下りて体育館脇の階段を下って大階段を下って大学を出て、叡電の駅へ。袴姿のアキが電車から降りてきて笑う。そういえば大学違うんよな。とか思うし言う。ヨシノとアキと、しばらく三人で歩く。めずらしいとりあわせ。ヨシノは途中で帰ってしまって、わたしはアキの親の車に乗せてもらう。レンタル屋で着物を脱いで、もうおしまいなんだなと思う。まだよくわかっていない。

オアシスに行ったらなぜかミツモトがいた。
すごくゆっくり歩くおじいちゃんを見つめながら、ほぼ無言。

パーカーで懇親会へ行く。

〜〜〜 〜〜〜 〜〜〜 〜〜〜 〜〜〜 〜〜〜 〜〜〜 〜〜〜

〈2012〉
【メンバー】ヨシノ、アダム、カジ

作文テーマ「なりたい自分」

なりたい自分、というテーマをきいて、まっさきに思い出したのは、幼稚園生だったころの将来の夢だった。

あのころ、わたしはキリンさんになりたかった。理由は思い出せない、というか、たぶん、理由なんてなかったんだと思う。ただただ、とにかく、キリンさんになりたかったのだ。

幼稚園を卒園するころには、将来の夢はまほうつかいにかわっていた。オズの魔法使いの、ドロシーにあこがれていたのだ。魔法なんて信じていなかったのに。

それから夢は転々と変わり、今も転々と目移りし続けている。いまは、その、目移りをしている状態に留まり続けるということを、しぶとくやっていきたい。留まり続けて、居させてくれる人たち、この人たちと、ただただ、とにかく、なにかを作ったり、それを見せ合ったりしていきたいです。

梶沙耶の愉快な一年（6）

持ち手から朧月だけ逸れている

この物語はフィクションであり、このフィクションはそのときどきで拾い上げる複数の実在の重ね合わせによってショートスパンで光彩の色彩を変えていくスパンコールであり、この物語はショートスパンコールである。

そのときどきで思い思いにアンカーを打つ。
名付けたものどもを追う道筋を歩きながら、
空想を呼び声として、
記憶について語るときの
を認めたひとりひとりが、
それは憂患だ）
（それは決然で、
眼差しの中に誰かの意思
そのおぼつかなさを眼差し、

ひとりで立つことがある。
ときおりおぼつかない足場の上に
限りある繰り返しの日々のなかで、
そうなっていることに気がつくとき、
いつのまにか、たしかに、そうなっている。
成り代わっている。
いつのまにか、たしかにここにあるものの手触りに
いまここにないものの手触りのようでいて、
それは記憶で、記憶は、
それは怒声で、それは嬌声だ。
どこかで、どこかの、誰かの声が聴こえる。

仲西森奈・著
平均三〇〇頁

著者

仲西森奈（なかにしもりな）

1992年、双子座生まれ。東京都新宿区、杉並区、千葉県松戸市、船橋市、京都府京都市左京区、北区などを経て、石川県金沢市在住。小説、短詩、エッセイ、朗読などの形を用いて、言葉とそれ以外を扱う。著書に『起こさないでください』『そのときどきで思い思いにアンカーを打つ。』（共に出版社さりげなく）、『日記』（私家版）。その他の活動に、音楽グループ□□□《クチロロ》契約社員、朗読バンド筆記体など。

名付けたものどもを追う道筋を歩きながら、

2024年1月28日　初版第一刷発行

著　者　仲西森奈
装　丁　古本実加
編　集　わかめかのこ
発行所　さりげなく
京都府京都市左京区
下鴨北茶ノ木町25の3　花辺内
電話　070-5042-8896
印刷所　三省堂印刷株式会社

ISBN978-4-910968-02-5